今天 的我
有点热爱生活

韩梅梅
著

中国友谊出版公司

图书在版编目（CIP）数据

今天的我有点热爱生活 / 韩梅梅著 . — 北京 : 中国友谊出版公司 , 2019.2

ISBN 978-7-5057-4598-8

Ⅰ . ①今… Ⅱ . ①韩… Ⅲ . ①随笔 – 作品集 – 中国 – 当代 Ⅳ . ① I267.1

中国版本图书馆 CIP 数据核字（2019）第 031176 号

书名 今天的我有点热爱生活
著者 韩梅梅
出版 中国友谊出版公司
发行 中国友谊出版公司
经销 新华书店
印刷 北京鑫海达印刷有限公司
规格 880×1270 毫米 32 开
10.25 印张 233 千字
版次 2019 年 3 月第 1 版
印次 2019 年 3 月第 1 次印刷
书号 ISBN 978-7-5057-4598-8
定价 45.00 元
地址 北京市朝阳区西坝河南里 17 号楼
邮编 100028
电话 （010）64678009

目录

PART 1 这个村子

PART 2 新鲜事

PART 3 遇见一些人

PART 4 另辟蹊径

PART 5 沉醉古村

PART 6 告别的方式

PART 1

这 个 村 子

春游

今年春天，我饱受失眠和神经性皮炎的困扰，再加上写作遇到瓶颈，于是，决定提前开始我的春游。

春游是每一年都有的。在树叶变绿，花开的时节去南方。我暂别丈夫和女儿，就像一个单身的人那样，踏上旅途。三年前我去了峨眉山，住在山脚下，白天爬山，晚上泡温泉，淋了很多的雨；两年前我去了大凉山，住在邛海边，吹了整整两个月安宁河谷温热的风；去年在雅安石象湖，那里有漫山遍野的花，我住在那里，耐心等待樱桃成熟。

这样的假期对一个女人，尤其是婚姻中的女人来说，是难得且重要的——永远不放弃内心对远方、对异乡的向往，把它落实成一年又一年的春游。就算它被理解为一种浪荡，我也接受。去任何地方，我都安静且诚心。然后会看到不一样的东西。

或者，仅仅是因为久处之厌吧！再完美的生活，待久了，人都会疲倦的，内心变得迟钝而干涩，所以应该时不时，试着转移到别的地方生活，看一点儿、嗅一点儿、听一点儿和日常生活截然不同的东西，然后回到原来居住的地方，记住这些真实发生过的春天。

今年，我想走远一点儿。

去南方的南方。

去个真正的乡下，那既熟悉又已经陌生的地方。

为此我提前做了些功课，四处寻找乡下的民宿。从贵州到福建，从海南到湖北，从日本到澳洲，我一个地方一个地方地找，一张张地凝视那些乡下的树木和房子的照片，想象自己置身其中，会过得怎样，直到我看到了这样一张照片。马上停止了搜寻，告诉自己：就是这里了。

每一次春游，为了轻松起见，我都不会带太多的东西。行李箱里装着书、一条牛仔裤、两条麻裤、三件 T 恤、薄厚两件外套。一双防水的球鞋，一双布鞋。化妆袋里有面霜、梳子、香水、面膜、气垫粉底盒和一只浅色口红。

双肩包里是电脑和证件，还有一板艾司唑仑，二十粒装的。

说来讽刺，自从写完一本叫《不失眠旅馆》的书之后，我开始失眠了。长达半年多的时间，需要借助药物才能睡好。这次出行，计划是待三十天，但我只带了二十粒，是希望能过上好日子，可以不吃药。

然后，我就把自己连同这些行李，一起交给飞机、火车、汽车，开始了未知的旅途。

2010 公里

已经没有真正的遥远的地方了。千里迢迢，听起来逍遥快意，其实也就是一天就可以到达。

浙江省，丽水市，松阳县，酉田村。从银川出发，经过坐飞机、高铁、汽车，全部行程公里数加起来，2010 公里。早上九点出发，晚上九点到达。

从丽水高铁站出来的时候，天已经黑透了。

地面是湿的。

异乡的空气让人胸中寂寂空旷，雨又让人有隐隐的喜悦。

一辆破旧的小车在停车场等我。司机长得像剧里的反派人物，抽着烟，把我的行李扔进布满灰尘的后备厢。

我坐到副驾驶位上，坐垫很脏，空气中是一种浓重的尘土混合汽油的味道。

我以为这辆车是民宿主人小林请来专程接我的，但是司机在丽水城里转了半圈，又上来两个男人。

车开始驶上一条黑暗的道路，坐在后面的两个人一直保持沉默。这让我的不安全感逐渐上升。一个从未来过的地方，公路无休无尽地在黑暗中延伸。我完全不知道，这辆遇到弯道几乎不减速的车，会把我带到哪里去……

车窗把黑夜切割成一份份横移的画面，屋影，树影，偶然星点的灯光，擦身而过的大货车呼啸而过，脸盆大的远光灯会让面前瞬间亮如白昼，我不得不闭上眼睛，逃避这短暂的失明感。为了安抚心里的不安，我开始和司机聊天，试图在他的话语中捕捉到让自己安心的东西。

"没有高速吗？"我问。

"有，要收费。"他说。

"这是什么路？"

"省道，左边是条河，你看不见，叫象溪，沿着它一直走，就到松阳。"

"这条路大车可真多。"

"就是，但我不怕它们。"

漫漫路途上，坐后面的人，始终一言不发。

车路过一个空荡荡的小镇时，下去了一个男人，他在雨丝飘摇的路灯下，给了司机五十块钱。

这个动作打消了我好多的疑虑。

穿过一个灯火通明的隧道，车停在路边，又下去一个男人。

小林给我发了一个信息：

过了隧道，给我个信，我给你煮面。

我回：刚过。

雨时大时小，没有停过。

汽车拐了个弯，开始向山上爬去。

山上一团黑，雨水淅淅沥沥。路一下就变坏了，弯道增多，坑洼不平。车颠簸着，蜿蜒爬升，黑色的山林树影向后退去，车灯把雨丝照亮。司机一边开，一边埋怨。

“还有多远？”我在车里努力保持平稳的坐姿。

“我也不知道，就来过一次。”他注视着前方。

“真搞不懂，怎么会有人到这种地方来旅游……”他嘟囔了一句。

我想纠正他，此行目的不是旅游，但又懒于开口。侧脸去看外面黑洞洞的山影，雨水打在玻璃上，噗噗作响，又汇成一股股滑落。车越爬越高，皮肤感受到越来越低的气温。十二个小时不放松的奔袭，我有些累了，黑夜与陌生让我彻底把头靠在了车窗上。

夜里九点多，车终于开始减速。在一个山的拗口，向右拐进，开始下坡，持续地下坡。车灯照亮了一些竹林。

终于，车前面出现了一棵巨大的松树。车停下来，在树下掉了个头，往回开了几十米，停住了。

我下车，站在浓重黏稠的湿气里。

小林冒雨跑出来，帮我把行李从后备厢取出来。

然后我跟随他，穿过一个栅栏，踩着碎石进入院子，推开木门。

温暖的空气扑面而来。

咖啡馆一样的小厅里有一个壁炉，柴火正在噼啪燃烧。

一位先生斜靠在沙发上，鞋子脱在一边，手里拿着酒。我们进来，可能带来一些风和水汽，打扰了他，他略微坐起了身子。

“你好！”

“你好！”

我和他打招呼。

桌上，一碗鸡蛋面在灯光下等着我。

我把背包扔在墙角，坐在高凳上，吃这碗面。油不大，盐也不多，蛋炒得很嫩。

“你一个人吗？”那位先生问。

“是啊！”

“吃完了面，过来和我们喝两杯，驱驱寒气，你来之前我和小林聊得正开心。”

“好呀。”温暖的面汤让我肠胃安定，彻底放松下来。这个时候，能来一杯酒自然是很好的。

先生姓车，家住大连，女儿十五，考上了美国名次不错的高中，所以，春假一家人开车南行，来这里小住几天。

一个父亲，说起女儿，便眉飞色舞起来。“我孩子她妈，也是厉害，选择在这个年纪创业。”说起太太，他也是难以抑制的骄傲神色。然后，他又给我们分享他在古村落里拍的照片……外面的雨声越来越大，炉火还在燃烧，车大哥又拿出两个酸甜的枇杷给我吃，我开始和小林一样，称呼他为“车大哥”——一个热心肠的人。

两杯酒下肚，我感到困倦了，就起身告晚安。

“我们明天就走了，有没有兴趣一起吃个早饭？我太太一定也很高兴认识你！”在我转身之前，车大哥建议。

“好呀！”

然后，我们约好，明天，七点半，这里见。

我提着行李推门出去，走进雨水和雾气中。踩着湿漉漉的台阶，小林一边领路，一边说：“已经帮你把房间的空调打开了。”

房间名字叫“缓缓归”。面积很大，有一个白色的阁楼。床头吊着的玻璃灯发着温柔的光，把一棵植物的叶子照亮。虽然已经开了空调，但仍然湿气逼人。小林教我怎么使用壁炉之后，又从柜子里抱了一床被子，压在床上的被子上。

“北方来的客人，好像给再多被子，都是不够的。”他说。

我向他道谢，说晚安。

这是漫长的一天。我去拉上窗帘，外面什么也看不清，只能听见雨水的声音，我完全不知道自己来的是个什么样的地方。

什么都来不及感受了，洗漱，吃药，倒头睡觉。

一个地方的第一天的第一眼

早晨六点，醒来。窗帘的边缘有微光，空气很不一样，在清醒的第一瞬间我就知道自己在南方了。过去在异乡醒来，我总会第一瞬间陷入无边的惶惑和孤独，这两年这种感觉逐渐消失了。在安睡了一夜，消除了路途奔波的疲惫感之后，我迫不及待地想起床，去看看这个地方到底什么样。

我去一个地方，总是会很重视第一天和第一眼。

尤其是住很久的话，会发现“初见”是一种美好的体验。一个地方，第一眼看见的样子，和后来熟悉后所看见的，大不相同。有时候，明明去的是同一个地点，留下的却是两种记忆：刚开始和后来的。

西田的第一眼，其实并不容易看清，因为太多的雾。

外面仍旧细雨纷纷，但这种程度还用不着打伞。我推开栅门，向右拐，沿着一片竹林，走到了古松的下面。这里十分安静，只要屏住呼吸，我就能听见细碎的松叶之间流淌的风声。松树下面有两条路：一条向上的石板路，沿着它往上走，应该能俯瞰整个山谷；一条向下的羊肠曲径，在浓雾中看不到尽头。那些云雾，就像从那个地方吐出来的，它们就像要赶路，在山谷间急湍湍地流淌。

我选择了往上走，没走几步，就看见一处屋子，小小的一栋，破到没法住人了，门口却堆了好多劈好的柴火。一棵光秃秃的桃树，耸立在那栋破屋子的旁边，山下的桃树已经开花了，它还在等气温回升。

我在这里遇见了一个拉砖头的老汉，他对眼前的风吹云动显然漠不关心，只一心想把一车砖头拉到自己的房门跟前，好继续房子的修缮。但是，有一块嵌入泥土的青石板阻止了他，车太重，他想把车拉过去，心有余，力不足，做了几次尝试，都无济于事。

我二话不说上前去，扶住小车，推了一把。车子上了坡之后，老汉回头向我道谢，示意他可以独自往前拉了，但我仍然帮他推着往前走，推过一片茶园，一直走到卸砖的地方。

往回走的时候，我的心情，就从“一定要好好地看第一眼”，变成了“要找个地方洗手啊”，两手的黄色泥水和沙砾，让我四处探望，附近没有堰沟，只有土坡和野草。不知名的草叶被露水沾湿以后，闪闪发光。我本来想抓一把下来，借用露水和草叶的纹路来搓掉手上的泥土，最终还是舍不得扯掉它们。于是我横着往村里走，想找个有水龙头的地方。

根本分不清哪处是村头，哪处是村尾，我看见路就走，看见弯就拐，看见坡就爬。

这是一个古老的村子，很多房子可能都有上百年的历史了，久经风雨，泥墙逐渐被时间腐蚀，有几栋已经垮塌，只剩残垣断壁，一些藤状植物在墙角生长蔓延。这种垮塌，会让人感到不可言状的颓丧，但旁边那间房子的烟囱里，轻轻冒出来的炊烟，又马上给人抚慰，有人在做早饭。

我一路往上走，遇到了几只肥胖的母鸡躲在芭蕉树下躲雨，还遇到了一只大翅膀的鸟，停在电线杆上。这可能是只旅途中的鸟，它只停留了片刻，就一飞冲天，毫不犹豫地走了。然后我又看见了一只鹅，或者是鸭，它正蹲在一家人门口的平台上休息，羽毛是白的，头顶上有块红色的东西。我从来没有见过这种家禽，想搞清楚它到底是鹅还是鸭，就停下来，站在那里盯着它看。它可能从来没有被人这样细细打量过，明显有些紧张了，站也不是，坐也不是，喉咙里发出局促的咕咕声……我虽然想极力给它一种不会伤害它的感觉，但它仍旧不知所措。我想给它照张相，它总拿屁股对着我。我只好比较失望地离开了。

终于在这条石板路快要终止的时候，我听见了水流的声音。

细细的一线清泉，从山上引来，有人割竹做器，还做了可以洗菜的池子。它没有开关，日复一日地在流淌。我把手伸过去，泥沙马上被冲刷下去，手指感觉到冰凉透骨。这水我有些不敢喝，但还是掬了一捧，洗漱了口鼻，感觉神清气爽。

洗完手，回头俯瞰整个村子。

这就是我的第一眼，眼前只有无边无际的雾和一些房屋的轮廓，但我还是傻傻在那里站了几分钟。

不管怎么样，我将在这里有一段生活经历，我这样想。然后下坡，去赴一个昨夜的早餐之约。

花田旁边的早餐

外面灰云弥漫，雨还在淅淅沥沥地下，昨天夜里的炉火已经熄灭，我穿过气温很低的牛栏咖啡厅，看见车先生正站在露台上呼吸新鲜空气。

“早啊！”

“早！”打完招呼，他建议把早饭挪到他们的房间去吃。

房间叫“陌上”，榻榻米，带阁楼。空调开了一夜，要温暖得多。

车太太皮肤白净，眼神安稳，说话轻言细语。我们对坐在榻榻米小桌的两边，窗外，油菜花开得正好。

今天的早餐是一个白水煮鸡蛋，一个小包子，几块杂粮，半个咸鸭蛋，一碗米粥，一杯豆浆，一碟小菜，还有几片水果。

包子是素的。

两片烟笋，脆且味鲜。

芋头的皮十分粗粝，车太太一边和我聊天，一边用手指撕掉芋皮，再用剥出来的细滑芋肉，去蘸一点点白糖吃。

我最喜欢的是白米粥，米脂带给人的柔软和温暖是十分确切的。

那半个咸鸭蛋，很明显被精心对待过，它一定被蒸了，所以，亮澄澄的黄油流淌了出来，蛋黄还是温热的，我用小勺把它挖出来，捣碎在白粥里，金风玉露一相逢，一口口下去，这个早上已经没有什么遗憾了。

乡村的早晨，除了鸟叫，再无其他声音，人坐在榻榻米上，两腿微蜷，感觉放松而舒服，在这种如水的空气中，彼此感觉到的，都是好意，所以聊天的内容也很随意。其间，车太太的女儿从阁楼上下来，和我打了个招呼，她是一个秀气素净的小女孩，见到陌生人不拘谨，笑容自信而明亮。我想到昨天车先生说过的："虽然我们有能力把她送进贵族学校，但我们没有那么做，让她在公立学校念书，懂得要靠自己努力的道理……事实证明，不是贵的，就是好的。"

我向车太太请教了一些教育孩子的经验，说了一个现阶段的困惑：怎么把握满足孩子物质欲望的"度"？

我说，我经常会买很多的小东西，放起来，每天和孩子说晚安的时候，拿一个出来，藏在衣袖里，或者裤兜里，让她来找，给她惊喜。看到孩子快乐的样子，我也很开心。这已经成为我和她之间常规的游戏，每天去睡觉之前，她就会充满期待地问："今天的好东西呢？"这些小玩意儿，都不是什么贵重的东西，但她的父亲是不主张的，甚至连孩子的阿姨

也不主张。但我心里认为，让孩子每天都有小惊喜小快乐，有什么不好吗？这样的小惊喜能持续多少年呢？她总会长大，不再喜欢这些东西……但有时候，看到孩子把吃了一半的巧克力随意扔在桌子上不再珍惜的时候，我也会反省，是不是真的不对……

车太太微微一笑，并没有给我答案，而是讲了一个他们的经历。

她说，有一天，她和车先生在国外的商场，看见一个名贵的书包，漂亮得让人挪不开眼睛，她和车先生都一致认为，把它送给女儿，一定会让她非常非常快乐。然后，她和车先生就在那个书包前，站了很久很久，讨论、犹豫，最后，一步三回头地离开了……

“其实，作为家长，有一种痛苦，不是你买不起，而是你买得起，而选择不买。”

“你把所有你认为好的东西都给她，并不是一种爱，她确实是会很快乐，但是，你剥夺了她自己去选择的机会……”

一顿萍水相逢、清淡的早餐。

温言如春风。

吃完了早饭，我送他们一家人到海棠树下，他们的车已经被雨水冲刷干净。互道珍重之后，他们在浓雾之中踏上归程。

第二天，我在朋友圈发出了一组乡下的照片。车太太在下面给我留言说：

“不错的开始，期待一个如愿的结束……”

智慧的女人，短暂的会面，她似乎已经看透我的随意、无原则，预见了这个春天，我必然将流连山水、忘乎所以。所以，她将最好的祝愿送给了我——这句话被我记在了心里，在后来的日子，每每我准备放下工作出去耍的时候，就想到它：要有一个如愿的结束啊！

酉田站
YOU TIAN ZHAN

580M

走走

我带了两双鞋子。一双防水的球鞋，一双布鞋。它们有一个共同的特点，就是走路舒服，因为我每天都要散步。

这件事，可以说是极为重要的，也是最随心的，尤其是一个人走路。只要你是一个没有被捆绑住的人，随时随地，你都可以去走。走快，还是走慢，是戴耳机听音乐，还是只带耳朵听自然之声，完全取决于自己的心情。

永远不厌倦的，是去看一切东西，去听一切声音，用鼻子，和裸露的皮肤，去感受空气和风的细微变化。

我的愉不愉快，取决于真不真实。我一点儿也不想从眼前的景物中得到什么结论和思考什么道理，只倾心于一些变化，比如，走着走着，一丝雨滴落在了脸上，或者，看见一棵野树上的嫩芽，昨天还紧紧包裹住，今天，已经绽开了。

在山里走，没有什么人可以交会，目光所及，要么是被风摇动的树叶，要么是开得绵密的野花，或者是停在草叶尖摇晃的小鸟……不止一次在路过竹林的时候，来了风，我就停下来，仰起头，听竹叶沙沙作响。

水泥路走起来很轻松，可以走得快些，不过上坡的时候，我会感觉小腿紧绷。下坡的时候，脚步轻快，两腋生风。石板路很不简单，因为没有任何两块石头是相同的，脚底感受到不一样的硬度，像是一种按摩。走在破碎的公路上要小心，因为一不小心就会踏进水坑里……对一些人来说，踩在雨后的泥土上是愁人的，但对我来说不是这样。泥土沾了水之后，黏稠地挽留你的鞋子的感觉，是很有趣味的。

我的散步，没有时间限定，乘兴而走，兴尽而返。有几次被恶狗挡路，我才出去几分钟就回来了；有时候，又故意绕了个远路，在山上走了整整一个下午，踏着夕阳和树影返身。走累了，我会找个视野宽阔的地方，站住，擦擦汗，看着远方停留一会儿。或者，我就随便找个地方坐下来休息。在这里，我最常休息的地方有两个：一个是山顶的大石头，那里可以俯瞰整个村子；还有一个，是公路边的车站。那里很长时间才会来一辆车，候车的座椅是一棵放倒的大树。乡间小巴好像并不准点，我只遇见过两三次，车来了，停在我面前，我对司机摆摆手，车窗里的人会奇怪地看着我——一个坐在车站里，又不上车的人。短暂的对视之后，他们的车开走了，我又坐了一会儿才离开。

通常我只会带一支烟。要找一个最心仪的地方把它抽掉。

有一天，我回到山下，才发现打火机不见了，又重新沿着原路回去找它。这样重复的路线并不让人感到无聊，并且我心里十分确定，它应该在山顶我坐过的地方，不会被人捡走。

果然，到了山顶，远远地，我就看见那个粉红色的小身影，白云在空中移动，它安静地躺在大石头上。我走过去，拾起它，放在裤兜里，又静静在那儿坐了一会儿。

我在这个村子住了多少天，就散了多少天步，直到最后一个星期，才知道公路边有一家小卖部，门口没有任何的招牌，只卖一些简单的生活用品。那家小卖部的主人，每天都透过小小的木窗看我从他门口经过。所以，当有一天，我因为忘记带钱而又十分需要，走进他的小店，请求能不能赊一包烟给我的时候，他二话不说就赊给我了。

有时我又会在路过水井的时候，停下来，看村妇洗菜，那口水井很深，里面的水取之不尽，井水的表面，有时候会漂着一些草根和菜叶，但我相信，下面的水，应该很清净。有一天，我看见有一个人在那里洗衣，就想何不把自己的衣服也拿来这里洗。我就走下去，用手试了试井水，一刹那指尖冰冷的感受，让我马上打消了这个念头。

这口水井旁边，有一洼菜地，里面趴着几棵卷心菜，大得像怪物。直到我走，都没有人去收割它。

这个村子

西田村因为很小，所以显得偏僻孤寂。它藏在山坳里面，只是从公路上经过的话，是找不见的。三十多户人家，一百多人登记在册，但已经只有很少的人把这里当作长居之处。因为没有学校，所以孩子很少。在这里住了一段时间后，我只在茶山上见过一个帮爷爷采茶的小女孩。

一栋栋老房子，静静地高低错落，每一户都是泥墙青瓦马头墙，有天井。它们的大门，都面对旷野，推窗就能看见绵延不绝的山，听见竹林沙沙作响的声音。目光所及之处，都是绿色。村民们喜欢在门口种海棠和月季，也喜欢在院里摆放圆簸箕，在上面晾晒切成薄片的萝卜、菜头和笋片。这里因为湿度很大，所以冬天十分寒冷。夏天倒是并不炎热。据说到了晚上，需要在肚子上搭一层薄薄的毯子。

陌生土地带给我的第一份亲切感，来自那些星星点点的灯光。初来的傍晚，下着小雨，我吃过晚饭，冒着雨回房间，突然听见了广播的声音，中央人民广播电台，字正腔圆的新闻广播。那是我童年时代所熟悉的声音，它似有似无地，在空气里回响……我忍不住停下来，回头去张望，想找到那个喇叭。

我却只看到了浓雾中，参差错落的昏昏灯火。

每一户村民家门口，装了一盏 15 瓦的黄光灯，是一种六十至八十年代中国农村普遍使用的陶瓷矿灯，以供夜行人照明。不管是晴日，还是雨天，这些星星点点的荒野之灯，会在黑暗中彻夜亮着，时常会让脸上寂寞的远方人突然呆掉。在我看来，这种灯火不仅是一种照明的渠道，它是温暖的本身，人间的证明。透过冷雾的朦胧的黄光，让人心安。

生活的供给，必须要去山下的县城采购。村民们要下山，就要去公路上的小巴士站，在那里漫长地候车。小林每周下去两次采购物品，他有一辆银色的大众车，从那条唯一的山路开下去，时常会捡两个站在路边等车的村民一起下山。那条路弯道极多，偶尔会看见两辆车在拐弯处相撞，或者，一辆车，不可思议地，“亲吻”上了一棵松树……小林每次下山，都会尽量多地完成要做的事，清洗床单、裱画、交税，然后把采购的鸡蛋、鱼肉、蔬菜、杂粮，塞满后备厢，再驶离县城，沿着山路返回。

进村的路，到那三棵古松下就戛然而止。这里本来有四棵古松，但是有一棵只剩孤零零的半截树桩留在那里，它在前几年的一场雷雨中被劈倒，不复存在。

某一天，散步的时候，我在古松下遇见了一位八十岁的老太太，她在同样也不再年轻的女儿的陪伴下在村子里四处转。经过短暂的聊天，我得知，她幼年时跟随家人躲避战乱，来到这里，在村子里生活了很多年，直到战乱结束才离开，在上海度过了后半生。

“每一年，只要我还走得动，我就回来看看。”她微笑着说。

聊天结束之后，我用“祝您健康”作为结束语。而她则对我说：“祝你开心！”

和老太太告别之后，我爬上了高处，环顾四周，感叹一个八十岁的老人对曾经生活过的土地的依恋。我想象着，在很多年前，她是如何跟随家人，背着生活必需品，踩过荒草丛生的小路，找到这个隐蔽的地方的。也许就是几十年前的一个春天，变幻莫测的白云让他们停下了逃难的脚步，他们观望着眼前的一切，决定停留下来，修盖房屋，种下粮食和竹子，从此，外面的战乱与他们再无关系。

风把白云送向远方，有的人，一去不回。

但是，她每年都回来。

早醒

从西北到南方的乡下，旅途劳顿，本来的计划是痴睡几日再说的。

没想到，从第一日开始就早醒了。

然后就一直早醒。

真是世事难料。

我以前睡觉很轻，毫不夸张地说，深夜睡在卧室，楼底下的花园里有人按动打火机，都能把我吵醒。

来到乡村以后，我经常很早就困了，一困，头挨着枕头就睡着。人家说，心闲，梦稳。我却常常进入一种无梦的睡眠，这种体验十分罕见，哪敢不珍惜呢？还不一觉又一觉，睡到百事俱忘，四肢松弛，尘劳尽消……

在自然的环境中生活，整个人都会灵敏起来，尤其是我一个人睡在乡下的房子里，对天光尤为敏感。

凌晨五点钟左右，天边就有空旷、孤寂的晨光浮现。哪怕只有一点点从窗子里进来，都会把我从睡眠中唤醒过来。而且，只要一醒，我就无法再次入睡，会觉得躺着，是一件无比难受的事情，必须马上掀开被子，起身，走几步，推开门窗，让外面新鲜的空气涌进来，然后让房门就那么开着，沾点儿雨，让风进来扫地。

如果没有下雨，我会穿着睡裤走到外面去，对着菜地伸个懒腰，听各种鸟在屋子周围叫成一片。偶尔我能见到一只翅膀和尾巴都很漂亮的大鸟划过清晨的天空，它时而呈直线滑翔，时而随风下降，突然，又升了起来。但是雨大的话，天光就会暗很多，睡裤抵御不了寒冷，我只能打开门伫立一会儿，看看屋檐上滴落的雨水，然后速速退回来，把弥漫的水汽关在外面。

雨天的早醒，最适合用来应对工作了，而且，要让自己用一种极其端正的态度来开始：把背心穿好，薄毯搭在腿上，一杯温水摆在桌边，再内心有仪式感地，认认真真地坐下来，坐在泛着白光的窗户跟前，掀起电脑屏幕，打开文件，敲出第一个字，宣告这一天的正式开始。

妙就妙在，人竟然可以一边专注地写作，同时也沉浸在天光的一点点转变中。

如果有人能把“透明”这种东西画出来，黎明，就是迷人的渐变色，如果非要用现有的词汇来描述它，那么我脑子里想到的第一个短语就是“越来越淡的玫瑰色”……那是一种极为缓慢的转变，拂晓——黎明——白天，山谷的光线，诠释了时间的流逝，整个世界，从混沌，到朦胧，再逐渐清朗起来。

等第一批采茶女工披着雨衣，戴着斗笠从我窗下走过的时候，我已经完成了这一天最重要的工作。这时候我会由衷地赞叹自己：玩耍起来像疯子，勤劳起来不是人哪！

早醒的好处就在于，这一天，还有好多的时间，可以用来心安理得地享受。

有时候我也会一醒来就开始享受。既不工作，也不出去，只是推窗，靠着玻璃，揽衣长坐，在天光的变化之中，听山的清音——风声、虫声、竹声、松声、鸟声……等回过头去，已云生满谷。

南方的冷

我好像有点儿来早了。

柳树还没发芽，桃花也还没开，冷雨重雾浸润下的山村，气温极低。江南的三月，哪里是我想象中的阳光普照、山水莺花的景象。

出发之前查了天气的，十八度，很好啊。所以，我只带了很少的衣裤，一件略厚的外套。这些衣物，哪里够应对这个早春？雨每天都在闷闷地下。潮湿吞噬着一切。空气如刺，刺入皮肤里，血管里的血流速都缓慢了。在北方的暖气中过惯了冬天的我，站也不是，坐也不是，不只是缩着脖子，整个人都缩着。

南方的冷，屋里屋外都是一样的，但至少在房间里，还有些措施可以选择：烧一壶热水，倒在杯子里呵手；烧壁炉，或者钻进被窝里面去。实在是感到有些“涕泗交流”，索性脱得光光的，站在喷头下冲个滚烫的热水澡。

天黑了，小林一喊吃饭，我就有点儿慌张，因为餐厅是老房子，有天井，四面透风，冷雨从天上落下来，风到处都可以去，刚做好的菜，放在桌上，冒一阵子白烟，很快就凉得透透的。今天一顿午饭下来，我的腿已经冻得发痛。

更何况黑夜降临，气温降得更凶。

怎么办呢？我把能穿的都穿在了身上，然后环顾四周。沙发套子？被子？浴巾？目光终于落在了搭床的线毯上。这个蓝灰色的东西虽然有些大，但是裹在身上好歹也有点儿披肩的意思。然后我就披上它，拉开房门，坚定地走到黑夜和小雨中去了。

走过一片油菜花田，爬一段石板路，推开老房子的木门，我却发现餐厅并没有想象中那么冷清。有灯光照射在餐桌上，空气中流动着老歌和人说话的声音，小林有朋友来，他们邀请我一起吃饭。四五个人围坐着，菜在锅里噗噗冒着热气，两壶米酒温在热水里。小林烧了一炉炭火，放在桌子底下，这让我感动万分。

虽然寒流让外面的村子更加安静了，古松和天井之下，却火盆正旺，谈笑风生。雪白的豆泡在牛肉汤锅里煮一下，夹出来吃，滚烫的浓汁在齿间被挤压出来，一两个就胃肠俱暖。米酒拉近了陌生人之间的距离。

聊起来才知道，都是走过很多地方的人，也都在做一些力所能及的事情，倪姑娘在资助贵州的孩子，张大哥在资助宁夏的孩子。凡人善心，在城市里有各自奔忙的事，却始终不停远行的脚步。今夜，我们谈到年华逝去，谈到初老的感觉。举起的，是温热的酒杯。

“活得现实没有错，活得理想更值得。”

“我逃离我所厌恶的，但并不鄙视别人的选择，怎么过都是一生。”

“如果可以挑选，还是愿意去冒险，一辈子都能保持点儿天真烂漫。”

就这样喝到了夜深。

大谈初心的人，未必知道初心是什么。

就像总是强调自己淡泊名利的人士，恐怕很难做到。

“不如回归自然！回归自然！”

大家为了这句话，再次碰杯。

PART 2

新　鲜　事

厨王
争霸赛

因为要和小林去参加县城举办的“厨王争霸赛”，所以我六点半就起床了。雾气笼罩之中，我帮着小林和他的朋友把各种食材、餐具、调料搬上车，然后很费劲地把自己硬塞进快要挤满的车里。车开出山路没多久，又被人招手拦住了。一个提着筐菜的村民站在雨中，想要搭车去县城。

车上的人努力挪动屁股，把座位上的东西能抱的抱起来，十分艰难地挤出一个位置。村民上来了，车子满满当当地，又往县城开去。

“厨王争霸赛”在一个学校的礼堂里开场了。

一个个民宿、农家乐的大厨在场馆里“安营扎寨”。菜刀飞舞、锅铲翻动、热油飞溅的声音，从四面八方传过来。外面的雨越下越大，敲打着礼堂的屋顶，哗啦啦的声音也不示弱。我举着相机在一个个方阵之间穿梭，看他们磨豆腐、捏花卷儿、炸鱼、炖鸡，不亦乐乎，时不时又跑到小林的摊位，给他“汇报军情”，加油鼓劲。

最激动人心的时刻终于来到了，一道道冒着热气的美食被摆上了长桌。茶叶糕、八大碗、熏鱼、瓦罐鸡……没有一道看着不诱人的。我肚中一阵饥饿，才想起今天没吃早饭，那还说什么？我兴致盎然地向美食靠近，却差一步之遥，被一道无情的封锁线拦住了。

“下面请大众评委入场。”主持人热情洋溢的声音进一步打击了我。

还有大众评委？大众？谁是大众？我不是大众吗？我怀着不平又嫉妒的心情，看着几位评委风度翩翩地挂着胸牌入场，男的英俊潇洒，女的都化了妆，他们一定是这个县里的精英人物，或曾经做出过杰出贡献，所以，才有资格挂上那个胸牌，品尝热乎乎的食物。我自卑地站在封锁线的这边，真体会到了什么叫作“世界上最遥远的距离”。

那些大众评委，一看就知道他们很快乐，被一个又一个的菜团团包围着。我的目光一直追随着他们，看他们的嘴巴愉快地张开、闭拢，品尝着、感受着，不时含笑、点头，眼睛里流露出赞赏的神情，他们简直爽翻了！

我饿得头晕眼花。

时间一点一点地过去，不断有新的菜端上来。一碗爆炒牛杂的香气窜过来，我浑身颤抖了一下，一个大鱼头又上来了，轰动全场。我，有点儿站不住了……

一个人，怎么就那么轻易地，被口腹之欲打败呢？我狠狠地鄙视了自己，索性转身，走到大门外去——“去外面想想那些高尚的事情”，我对自己说。

高尚的事情也没有减轻我的痛苦。大门外飞溅的雨水和逼人的寒气反倒让本来就很饿的我，变成了又冷又饿的我。

狼狈地回到现场，那些食物还摆在那里，闪着亮光，仿佛对我说："你压根儿别想抵抗！"平生第一次饿得眼冒金星的我，咬紧牙关，把火辣辣的目光投向主持人和工作人员，难道没有一个人在意吗？这里有一个快要饿晕的人——美食大赛的现场有人饿晕，说出去笑死人不？

可是谁会注意到你？

不行！我要想办法，我就不信，就吃不到一口！我转而发狠了。

步履艰难地四处梭巡之后，终于，放在主持人桌子上的一堆胸牌被我看见了。桌边一个人都没有，主持人不知道什么时候已经跑进去开吃了！

看来，今天还有大众评委由于各种原因没有到场。一个想法马上来了。

"没有什么可害臊的，谁吃不是吃呢？"我安慰自己说。

一个充满冒险精神的人，总是不容易失望的。他的人生信条就是——只要敢想，只要敢做，办法总比困难多。

挂着胸牌的我，气定神闲地穿过了封锁线。

当把第一筷子食物放进嘴里的时候，内心近乎在幸福地呻吟了。但我要控制好自己，电视台的镜头在跟前呢……我保持了体面的微笑，把筷子从嘴里拿出来，眼睛含笑，不急不缓地，侧着脑袋，点了点头。

晚上我和小林都吃得非常少，他是上午累的，我是上午撑的。

他拿了一个优秀奖的奖杯回来。

“可以啊！总共多少个优秀奖？”

“十五个。”

……

短暂的沉默过后，“你怎么干不过他们呢？”我问。

“有失误，鱼头忘记剖开了……”

歌蕊儿牌的秋裤

趁着进城，我在街角的五十九元店买了件带球球的棉衣，付了钱，就穿身上了。虽然知道粉色不适合自己，但是，只有粉色了。然后，我又在旁边的内衣店买了一条秋裤，七十九元。我说："没天理了，秋裤比棉衣还贵。"店主说："这是'歌蕊儿'牌的，名牌啊！不讲价，而且，只剩一条一七〇的了。"我说："这条好长，都能拖到脚板心了。"店主说："你就凑合穿吧，反正冷天很快就要过去了。"

很有道理，我又付了钱，直接把秋裤穿在了身上。

秋裤真的好神奇啊，从这家店出来，走进小雨里，感受着被包裹得紧紧实实的小腿，我心里踏踏实实的，已然不是昨天哆哆嗦嗦的我了……如果世界上有一首歌叫《我爱秋裤》，我一定会当街就唱起来的。

但是，按照过往的经验，我今天买了厚衣服，明天没有意外的话，应该会天晴，气温回升。

果然天晴了

雨停了。

天晴了。

虽然只是昏昏的太阳，但总算是晴了。

我终于可以在室外坐坐，看看书了。

就是雨停了以后，跑出来好多大蚂蚁，可千万不要咬我。

窗外

把自己关到一个房子里写作，并不是一件痛苦的事情，尤其是在一个很大的窗子前工作。

这个桌子和椅子并不是一开始就在这个房间里的，我来了以后，提出要求，说想要一个可以写字的桌椅，小林就把它们搬来了。它们样式简单，和家里的桌椅相比，窄了很多，但也够用了。

来到了乡下，天气变化不定，每天淋雨，人似乎也变得敏感，眼睛看向任何地方都有感触，皮肤接触到一丝风，都想把它写成一个句子。所以，我能在这窗前一坐几个小时，要把所有的感受都写出来，它们太多了，多得要满溢出来。凌晨五点就开始，我沉浸在一个又一个句子里，天光在静静地转变，从蒙蒙的黯淡，到八九点的透亮，从午后的温柔，到夜幕覆盖。我虽然埋着头，却感知着这种变化，不知什么是疲倦。

写烦了的时候，我把目光从电脑前移开，看向窗外。

很多时候，全是雨，天地之间，薄雾飘荡。菜地里的作物，在缓慢地生长。一远一近的一株桃花和一株梨花都开了，桃花开的时间要比梨花长。一位扛着锄头、挂个竹筐的老农，不定时地会从旁边的小路经过。他的工作时间也不固定，有时候，半个小时就能看见他返回的身影，有时候，快要天黑他才回来。

有时我会站在这个窗前，放一首民谣来听。歌声让人的心软和了许多，逐渐把工作的枯燥和疲倦取代。但听歌仅限一两首，不然回忆泛滥，也不是什么好事。

飞鸟和松鼠，有时会闯进这个窗景里来。它们带来惊喜，但消失得很快。

也有村民好奇地闯进来，冷不丁趴在窗上看我，笑嘻嘻的，经常把我吓一大跳。

住在屋顶的小动物

过了夜晚八点，村子里就只剩蛙鸣和虫叫了，还有些风的声音。往山上看去，有些错落的灯，连个人影都见不着，听不见任何人的脚步声，连狗都早早地睡了。

蟋蟀，在房屋周围鸣叫。我白天看见过它，如果是小时候，我肯定会去抓住它，但现在我都三十多岁了，不会抓了。我是客，它是主，我很清楚这种关系。

我待在屋子里，感受安静。整个世界悄然无声。

如果耳朵实在受不了，我也会尽量止住放一点音乐的念头，而是去烧一壶水。听热水在壶里沸腾、蹦跳。我继续写我的东西。

偶尔会有小响动。有小动物从门口跑过的脚步声，甚至有跑得忘我，直接撞在门上的。好几次，我都以为谁在敲我的门，竖起耳朵听，又没有动静了。

房顶上，那个窸窸窣窣的声音又传来。

刚开始我有些害怕，怕奇怪的动物从屋梁上掉下来。

连着好几天，都是那样，为此我还担惊受怕到睡不着觉。

我一直以为是夜里互相追逐的老鼠。

直到有一天，一个身影从我窗外的台子上跑过——一尺多长，拖着一个蓬松的大尾巴。我才确认，那是一只松鼠。

一想到是一只松鼠住在我的屋顶，一下就轻松了。

随着在这里住的时间增多，我在窗外看见它跑过的次数也在增加。这只松鼠充满了活力，奔跑的速度极快，留给人的，都是身影。

有一天，一位来投宿的客人临走时送了我一碟杨梅干，我吃了一点儿，剩了几颗，端到了外面，放在石头上，想引它来分享，我也好看清它的样子。但它始终没来，可能它不喜欢吃甜的。

不用思考
吃什么的日子

这个村子太小了，没有街巷，没有吃馄饨面条的小铺，也没有卖豆浆油饼的摊子，所有关于吃的事情，都要找小林。

刚来这里的头两天，小林每天都要来问我："你今天想吃什么？"我每次都告诉他："随便，你做什么，我吃什么。"

后来，他也就不再来问了。

这非常好。不用思考"吃什么"的日子。

在我过往的生活里，吃，是很重要的事情。可以毫不夸张地说，每一天有很大一部分时间都会用来思考：一会儿吃什么。上午十点左右，开始思考午饭的事情，下午四点不到，就想好了晚上吃什么了。而且我的选择极容易被当天的所闻所见所左右，比如，看见电视里有人在剥蒜，我可能就会想要去买一份让人汗泪交流的凉皮；听见女儿的玩具里唱“门前大桥下，游过一群鸭”，晚上可能就会点一份鲜红油润的烤鸭外卖；在咖啡厅听见邻桌的人聊牛油火锅，整个人都是蠢蠢欲动的；进了单元门，闻到邻居煎鱼的香气，恨不得去敲门讨一口吃。有一段时间，在写一本和食物有关的书，可没少受罪，写蒸羊羔，就去了趟三益轩；写大盘鸡，又去了趟阿丽亚。后来因为迅速发胖而发了狠话：冷静！克制！没有自制力的人是不配拥有美好人生的……当天下午写到烤羊肉串：“油滴在炭火上，滋滋作响，甚至着了起来。”大脑很兴奋，意志在瓦解，晚上就去了一趟怀远夜市。

对一个极容易胃口大开又有点强迫症的人来说，这大千世界，全是诱惑，吃点儿东西，并不只是填补空肠那么简单。

而事实上，人的身体哪里需要那么多呢？

人供养自己无可厚非，但纵情的人，满足的都是一个字——贪。

我在第一天就跟小林说，你做什么，我就吃什么。可能我确实也已经有些厌倦了为吃费心的生活。又或者，我的心思一下子被那些清风明月、细雨野花吸引过去了，口腹之欲，变得不那么重要。

我说“随便”，小林却并没有随便对我。早餐杂粮小菜，豆浆白粥一样不少。中午和晚上，两菜一汤，都是当季食材，精心搭配，烧鱼、炖肉，去菜地里摘一把“上海青”，略施薄油，炒断生气，就是一盘可口的素菜。但是很奇怪，菜再好吃，我在这里的食量，只有家里的一半。这种

很快就饱了的感觉，非常舒服。

一天早饭过后，小林对我说："今天有记者来采访，中午可不可以吃简单些？"我说"完全没问题"，就回房间去工作了。那天在下雨，我把窗子半开着，一边听雨声，一边敲字，只有风偶尔会来搅扰一下……后来，敲门声把我的思路打断。我起身开门，只见小林披风戴雨地站在门口，手里端着一个木盘。

"抱歉，这么晚才让你吃上午饭。"他歉意地说。

我一看，噢，中午一点了。

"哪里！一点儿也不饿。"我让他进来。

他把餐盘放下。一碗鸡蛋面、一碟水果，还有一把新采的油菜花，用草叶捆起来，点缀在旁边，花瓣沾满了雨水。

西红柿和鸡蛋，一红一黄，炒出来，覆盖在面条上，滋味互相渗透，用筷子搅拌的声音丰腴动听，挑一口到嘴里，在舌底咂摸西红柿被隐藏的酸味，不赖！一碗面条下肚之后，感觉还略有些欠缺，旁边这盘新鲜水嫩的水果，正好作为填补。小番茄鲜红发亮，圆滚滚的，一颗一颗放进嘴里，牙轻轻一咬，就有酸甜的汁水迸浆到舌尖。那几片梨子也是香脆爽口的，还没把它们都吃完，就感觉饱了。

吃完午饭，我把那束油菜花拿起来，插进一个装了水的杯子里，放在窗前。然后端着木盘，冒着细雨，把碗筷送回厨房去。

小林见我去了，递给我一个铁盒子，说："里面是土茶，你拿回去，饭后喝喝。"

一连下了十几天的雨

曾经看过一个帖子。

说，一个人，把母亲接到了北京，但是，老人家住了一段时间就要求回去。回去的理由是：北京不下雨。晚辈说："前几天才下过雨呀！"母亲说："这里没有屋檐，听不见雨水从屋檐滴落的声音。"

在酉田。

雨是从北方飘过来的，大多数时候，我能察觉得到。它们从天空降临，汇聚到屋顶，又成串地飘落下来。我站在屋檐下，看了又看，突然，雨水也会被风吹得转了方向，洒那么一两滴在我的脸上和脖子上，那种细微的冰凉感，会让人从心里感到快乐！

尽管三月的每一场春雨都会带来刺骨般的寒冷，但雨和雨的间隙，我

总是难以克制出去走走的冲动。为此，我庆幸带了一双不怕水的鞋子。

只要是雨天，出门必须要穿厚一些，不然，就容易冷得发抖，打起喷嚏。

天地之间的蒙蒙然，全然不同于城市里下雨的混沌境界。一切都很干净，土地和树枝会湿很长一段时间。我徜徉在细雨之中，享受雨后微风的吹拂，观看刚接受过新雨洗刷的野花，或者意外地发现一根破土的毛笋，就在路边，在它的背后，一大片竹林苍翠欲滴。

一连看了十几天的雨。

有时候，我看它们在窗上布下密密的水点，或者在半开的门缝里，看它们哗啦啦地倾泻而下；有时候，我躺在床上，只听得见一点点的动静，却知道它们浸润了整个山谷。我时常分不清雾和积云雨，它们老是缠绕在一起。一部分峭然堆在空中，一部分流淌向山间。有时候，云和云碰撞在了一起，会发出闪电雷鸣，猛然间让安静工作的我惊跳起来。

滂沱大雨经常在半夜来临。我不止一次被接连不断的雷鸣声惊醒。

因为知道自己置身在幽深的山谷，所以孤独感会加重，又因为听说过雷电曾经劈倒过村里的一棵古松，所以看见那种划亮天空的闪电，总是心惊胆战地等着后面那一声巨响。那个声音让人心惊胆寒，总是害怕它再把什么劈中。

为了抵抗这种恐惧，我开始想一些好的东西，比如：这么大的雨，雨水让溪水暴涨起来，可能明天就有人能捞到不少货真价实的小溪鱼来卖，可以去县城一趟，买一点儿回来炖豆腐……这样想着，越想越饿。不想鱼，我就想蕨苔。明天，又要发出来不少了？

从我第一次发现石头缝里的蕨苔冒出来打卷的时候，就开始密切注意它接下来的变化，雨水就是它的信号，一场春雨，一拨嫩卷儿，从地里冒出来，肥厚翠绿，裹着一层细绒绒的毛毛，就像十几岁小姑娘耳朵边出现的那种。雨水过后，蕨苔们对“萌发”这件事情兴趣高涨，似乎在一夜之间，就“倾巢出动”，全来到这个世界。我很犹豫，是否要把它们采回去，搓掉绒毛，爆炒一盘。在我的家乡，这个季节，几乎全民食蕨。但在这里，却没人去在乎这些多得数不清的植物，没人多看它们一眼，任由它们随心所欲在风中摆动。我想可能是雨后的各种笋子，已经让人们应接不暇了，谁还会去在乎这种黏液充沛和口感野蛮的蕨类呢？

所以，既然当地人不食，我也就不去打扰了。只是每日都去看它们，在晓雾之中，来来回回之间，把手掌心伸出去，在挂着露珠的细卷儿上蹭蹭。这是值得享受的感觉。

然后在某个晴朗的日子，我再去造访的时候，就发现它们都张开了，把露珠抖落在地，绒毛褪得干干净净，比过去还要绿，我已经认不出它们了，大片的叶子向天空摊开着……等我要离开这个山村的时候，它们已经疯长成了齐膝深的“蕨林”，叶片巨大，野蛮地占领了一整片山头，深不可测。

不管怎么说，我看见过它们小时候呆萌的样子。

送伞

我去散步，走到山上的时候，开始下雨了。判断这雨会越下越大之后，我开始转身。

远远的，我就看见小林的车开过来，他可能要去县城。

我停在路边，等着和他打招呼。

车减速了，停在我身边。一把长柄伞从车窗里伸出来。

“我快走回去了，你把伞拿到县城用吧！”我说。

小林说：“我就是给你送伞来的。”

我接过伞。他开到前面掉头去了。

“这是个细心的人，我往山上走，他看见了。”我想。

下雨喝酒的时候，
我们聊了很多

“谢谢你给我送伞。”

“你昨天已经谢过了。”

“不，我是那种，别人为我做点儿什么，会感动很久的人。我给你讲一件小事吧，很多年前，我一个人在北京生活。那时生活很苦。有一天，在马路边，有人递给了我一张美容院体验卡。我去了。沐浴，换上棉裙，躺了下来。一个姑娘来到我的身边，用她的手指，十分轻柔地划过我的脸。她的手非常非常轻，指尖带着微微的温度，还用她的掌心，覆盖在我的额头上，你相信吗？那一刻，我竟然流泪了。”

“很久没有被人这样温柔地对待了？”

“是的，我的眼泪止不住。这让美容师吓了一跳，以为她做错了什么。”

“所以你现在还记得她？”

“对，一直记得。这事过去，应该有十五年了。

“你给我送伞，我也不会忘记。”

小林这个人

我第一次觉得小林这个人不错，是听见了他和工人阿姨的对话。

山里因为生活寂寞，不好雇人，我刚去的时候，整个民宿，除了小林，只有一个村里的阿姨在帮忙。这个阿姨爱穿一件红色的毛衣，讲的方言，我不是很听得懂。

偏偏她和小林的这两次对话，我听懂了。

有一天，我正在吃早饭，听见厨房里小林和阿姨在说话：

“阿姨，这个杯子没洗干净……”

“是吗？我看看——没洗干净，那你洗好了！……”

这小林，就真的把杯子重新洗了一遍给阿姨看。

然后没几天，阿姨在工作时间站在古松下，抱着双臂和另一个村民聊天。过了一个多小时，我们从古松下走过，她们还聊得热火朝天。

小林说：“阿姨！你不用干活儿的？”

阿姨扭过头，慢慢地回应了他一句：“小林！活是干不完的……”

语重心长的语气简直让人晕倒！我以为小林会很生气，但他居然没有。接下来的时间，他就去帮阿姨干活去了，用吸尘器吸地，换床单，擦马桶。终于，松树下的阿姨聊不下去了，开始过来干活儿。

他给我的这种温和、不恼不愠的印象，一直保留至今。我曾经问过他：“你好像从来不会发脾气？”

“谁说的？”

“那你吵过架吗？”

“当然。”

“和谁呀？”

“我老婆。”

“其他人呢？”

“和其他人不吵。吵没用。我是个不会吵架的人。每次都是心跳得厉害，但是反应超级迟钝，脑子里明明有话，但根本没办法说出来，有一种要被活活急死的感觉……”

一个外地人，在山里开民宿，其中困难可想而知。他用好心去和村民打交道，免费设计道路、路灯，逢年过节给老人送点心，还经常给村民们做免费的司机，甚至在餐厅所在的老房子里，专门给村民们开设了一间娱乐室，摆上了与周边环境格格不入的自动麻将机。我第一眼看见那东西的时候，觉得十分扎眼，但，随即体会了这其中的妥协和不易。

可，就算他做了很多，仍然会遭遇在节假日客满的时候，被人背地里把水闸切断这种事，而且不止发生过一次。他每次都是尽量去解决，然后轻描淡写地总结说："有些人，他们是发自内心地希望你干不好。"就这么一句，没有骂娘。恼怒没用，发生了什么，就去解决什么。一直解决到别人认为这件坏事并不会对他造成恶劣的影响为止。

"好些事，不生气地去应对，就是得了便宜。"

在来山里之前，他是一个建筑设计师，年薪不低，在杭州风景极佳的地段上班，休闲时间爱好骑行。出于对自然的追寻，以及想过一种简朴又有诗意的生活，他辞职了，毅然带着妻女走进山里。

漫长又艰难的整改期，他和妻女时常住在帐篷里。亲自画图纸，订购材料，与工人沟通，每天给工人做三餐。爱美的妻子洗面奶用完了，跑去村民家敲门，想借一点儿，却没有人可以帮上忙。

九月份开始施工，很快就到冬天了，冷得连呼出的气都冻住了。

雪大的时候，连最近的古松都看不见，只有很大片的雪花，如巨浪一般飞舞、降落。风雪过后，很多东西都被刮跑了。他要穿上厚厚的靴子和皮衣，把被刮跑的东西捡回来。有时候还要架一个梯子，爬到房顶上去修灯，再顺便把屋顶的积雪扫一扫，然后再用长达半天的时间，在小院里铲雪。

最冷的那两天，恰逢节日，工人都停工了，妻女也要回城躲避。他还不能走，要守着工棚里的装修材料。一个人，积雪三尺，敲冰煮茶。夜晚在强劲的寒风中，坐在帐篷里独饮独酌。

就这样，他们慢慢将一个牛棚改成了咖啡馆，将草料棚改成了带阁楼的、有二十四小时热水的房间，将一个百年的布满灰尘和青苔的老房子，改成了能望见松树的餐厅……

民宿顺利开起来，他们开始面临孩子上学的问题，几番探讨之后，妻子决定带女儿回市里上学，留他一个人在山里。

我听人问过小林："一个建筑师，现在挽起袖子给客人刷马桶，心里有落差吗？"

"并不，"小林说，"擦完马桶，我洗洗手，还可以继续煮咖啡喝。"

"在山里寂寞吗？"是他听过的最多的问题。

他的回答是："要做的事情太多了，根本来不及去想自己是不是寂寞。"

他每天都在不停地做事。安排完早饭，就去浇花；浇完花，就去修柴门篱笆；放下工具，就去打扫客人的房间；打扫完房间，时间差不多了，要去安排午饭。吃完午饭，又去继续做院子的景观；可能做了会儿景观，又要洗手去接待来参观的领导和记者，说不定还要为他们准备晚饭。晚饭后，木工来了，又要一起给一个未装完的洗手间贴瓷砖……

我看他做事，用心并且专注，并不会因为事情多，而忽视掉细节。坐而言，起而行，几乎就是一秒钟切换的事情。有一次，听客人说："你这个塑料的纸巾盒，跟你的房子不搭。"当天晚上，他就网购了一批草编的纸巾盒。我也在聊天的时候说："你花园里要是有一些有香气的植物就好了，比如，茉莉和栀子。"然后没过几天，就看他提着锄头，在墙角挖地，种下了茉莉和栀子。

早晨十点，我们一起坐在天台上喝咖啡，清晨的阳光把人晒得懒懒的，我忍不住整个人都粘在椅子上了，他喝完咖啡，肯定是分分钟就站起来，打个招呼就去干他的事去了的。很明显，他心里，很抵触那些会让他懒惰和舒服的东西。

他有一个破旧的苹果手机，如果它会说话的话，一定对他怨气满腹。因为他总是轻易地就把它遗落在任何一个角落，吧台边、露台上、柴堆旁……我经常看见它，在不同的地方持续地闪着灯，震动着……主人却决绝地不知去向——你只管响着，我把我手上的事情忙完再说。有一天，我借用他的手机注册租车软件，看到竟有几百条未读短信，问他："你不怕错过什么事吗？"他回答："哪里有什么大事？真有大事，自然会找到我。"

"闭门种花草，开门迎佳客，外出觅山水。"

这是我对小林山中生活的总结。

无人到访的日子，他会开车去已经彻底搬迁了的无人小村，捡拾一些被人遗落的东西，古旧的木门、废弃的竹椅、破损的鸡笼、被时间磨得光滑的猪槽……捡东西这件事，简直乐趣无穷。他把东西都搬上车之后，再别一把小锄头在腰上，脱掉鞋袜，光脚蹚过溪水，去山上挖一种罕有的兰草。

他话很少，听别人说话的时候，会注视对方的眼睛。如果哪一句说到了他的心里，他的眼睛就会发光，脸上流露出温暖和认可的微笑。

这里人来人往，总是能遇见一些有趣和充满智慧的人。遇到情味相投的，他就请喝酒。

“这一年，也已经大醉过五六回了。”他说。

他想表达的是，醉得挺多。

但在我看来，这么多过客，一年才醉五六次，足以说明，他不是乱喝之人。

我也和他喝，并且，几乎是天天喝。

每天晚饭的时候，他就给我倒点儿当地人自酿的米酒。他也来一点儿，我们一边吃，一边聊，一边喝。

喝酒的时候，他的话渐渐多起来。我们有过无数次敞开的交谈。

我在那里住的一个月，大多数时候都在下雨，深谷夜雨之中，话说得动了心，我屡次豪情万丈，准备纵饮达旦，他总是温和地提出，适可而止，饮尽这杯，就到这里，然后用手机打开手电模式，送我回去，在屋檐下按亮墙灯，帮我扣好栅门，道声“晚安”。

因为和他聊过很多的天，所以，我也和他聊过“没有走的那条路”。

“有没有想过，如果不来村子，会怎么样？”

“显而易见，”他说，“不知所谓的竞争，日益消失的鲜活。在一种公式下生活，也能获得世俗意义上的成功，只是梦想不知道去哪里安放，那将是更大的遗憾。”

“不过你不要以为我的梦想就止于此了，”他补充说，“我仍然热爱老房子、古村落，将来请了管家，还会继续去做一些古村落的保护工作。另外，我还想学古琴、学木工，想学的东西特别多……”

这个村子涌动的云雾让很多客人心醉神迷。他们多数从城市中来，那里喧嚣繁华，拥挤昂贵，没有清新的空气，也没有林花翻飞，在享受了几日宁静而自然的生活之后，他们都会在离开之前找到小林，向他表示感谢。

所以，我说他是一个始终在与人告别的人。

但他从来不和客人拥抱。

“因为那会让人伤感。”

“保持联系，闲了就来。”他总是微笑着说。

雨醉

下雨天最适合喝酒。

很多时候，就我和小林两个人。寂静的夜晚，山雨飞来，花影参差，我们对坐着小饮。

喝的是米酒，老街上打来的，散装在四升装的矿泉水桶里，倒出来在杯子里。酒酿造得很精妙，色泽清亮，皎洁如冰。因为每一批的米和水都不一样，所以，虽然总在同一家打来，买回来的每一桶，颜色、清浊都不一样。一壶甜浆，有韧劲，进入嘴里，有唇齿相依的感觉。第一次喝米酒的人，都容易被糯米清香和甜蜜的口感所迷惑，总忍不住贪杯。第一个晚上我就喝多了，知道了它的厉害，后来就知道克制，凡事留不尽之意。

我二十几岁时，钟爱烈酒，时常喝翻一桌人，醉倒在街头，可还是没有解决孤独的问题。

后来我不喝了，我只和能交流灵魂的人喝。

小林做的下酒菜，很入味，慢慢咀嚼，慢慢饮酒。聊了不少话题，童年往事、父母朋友、感情过往、人情冷暖，有时拍桌大笑，有时说出眼泪。对一个认识不久的人敞开心扉，是一件冒险又迷人的事。

雨醉，适合搭配敞开的木门，等着还没有回家的狗，无处不在的风，哗哗的雨声。收音机的歌，放到某一首，我们会相视默契地笑着碰撞一下杯子。

慢慢地，渐渐地，喝到微醺。

这世界上这么多人，能陪你慢慢喝的有几个？

喝到九十点钟，饮尽杯中酒，起身，毫无贪恋地淋雨回去，在栅门口说声“晚安”。

浅醉入睡，听着雨声，如静卧河底。醉意，就让它自行在梦里慢慢散去……

怕狗

来这里不到一周，就与一只狗结下了梁子，这是我万万没想到的。

其实，在刚开始的几天，在去吃饭的路上遇见过它，我们对视一眼，擦肩而过，相安无事。有时候我还会回头，看看它在石板路上留下的有趣的脚印。

坏就坏在有一天天晴了，我决定去散步。

走着走着，来到了村口。

它正好在那无人之地，用一种沉思的姿势趴着，注视着远方，沐浴着朝阳，全身的毛在光线里散发出柔和的光。

我当时心里想：哟！你看！这狗还有诗和远方呢，就忍不住停下脚步，驻足观看，在投过去敬佩的目光的同时，我掏出手机，准备给它拍个照。

没想到我的驻足，打扰了它。

它有些恼地站起来，怒目看我，喉咙发出一阵低吼之后，开始狂吠，并且跟着我，步步紧逼，穷追不舍。

我试图向它解释自己是无心的，但是无从做起。所以，只能保持着戒备，假装没事人一样往前走。

它一路跟着我，我走，它也走，我站住，它也站住，汪汪叫着，做出要进攻的样子，却始终与我保持一定的距离……就这样跟了我二里地。

这二里地我几乎是走几步就回个头，嘴里发出咻咻警告的声音。那个样子是非常狼狈的。没办法，我非常害怕，怕它锋利的牙齿突然咬到我的脚踝上。

后来的每一天，只要我去散步，它就在那条路上等着我，跟着我，恶叫个不停。更可恨的是，有时候，它还会集结它的几个兄弟，一起在那里等我。当它们几个集体汪汪叫着跑过来的时候，我真是有些心惊胆战。

我也有些恼了。给大丁发了条短信：

“把你那个弹弓寄过来咋样？”

“干啥？”

我把那只狗的照片发给他：

“这家伙老想咬我。”

“你如果弹弓打了它，可能会遭到暗算！”大丁提醒我说。

我打出了个无比震惊的表情。

“那咋办？每天我散步它都撵我……”

“放松，友好，给点儿吃的，正视它的眼睛。”

“给它吃什么？明天早餐我给它留个窝头？”

“嗯，不要整个儿丢，掰开了，一块一块扔给它。千万要保持安全距离，莫要忽视动物本性。”

“明白了！”我打出个 OK 的手势。

这方面，我是很信任大丁的，他小时候养过狗，在北京玩乐队的时候，住在郊区，与他们邻居院儿里一只谁也不敢惹的大黑狗处成了朋友。有一天，他们几个吃不饱肚子的年轻人翻墙，想去隔壁偷两个柿子，那狗突然狂吠着冲过来了，几个朋友顿时蹲在墙头慌了神。“别急。”这时大丁镇定地说。然后，只听他在黑暗里说了一句：“大黑，是我！”那狗马上摇着尾巴，不叫了……

所以，当我再一次和这只狗在石板路上狭路相逢的时候，我按照大丁教导的，放松，友好，直视它的眼睛，甚至有些恭敬地说了声“你好”，然后，从裤兜里把早餐省下来的一颗煮土豆扔给了它。

它还真的就再没凶我了。

春分

这一天我在山上行走。

在山腰的公路上，并不知道这条路通向何方，这条路上没有一个人，山里的雾变得很快，不停地上升或下坠，飘远，又返回。这其实是个晴朗的天，所以，我一会儿走进阳光里，一会儿走进云里。

路是向上的，蜿蜒着，越爬越高，人走得越高就能看见越多的地方……最后，我在接近一个瀑布的地方停留，听着水声在谷中延长，站在山口，向下望去，群山绵延，云雾流动，这样壮丽动人的美景，适合默想，这是我此时所接近的世界，一个更真实干净的世界。我完全不需要考虑时间，或者其他任何东西，就把整个人沉浸在这个世界里，待它个尽兴。

缝裤子

还记得我那天在县城买的秋裤吗？就是七十九元，长到可以拖到脚板心的那条。穿了没两天，在没扯没崩的情况下，它直接开线变成了开裆裤……虽然有外裤穿着，但是走到哪里内心都是羞耻感倍增啊！

谁能料到呢？一个人，不远千里，来到这江南秘境，此刻窗外青山无数，云海过境，我却要关起门来，在这屋子里缝裤子！

下雨喝酒的时候，我们聊了很多

“你会讨厌自己吗？”

“会。”

“你会鄙视自己吗？”

“经常。”

“我想听你简单总结下你。”

“这没法简单。有时候自信到天上，有时候自卑到谷底。妄自菲薄，还假装是自嘲。永远缺爱。永远拖沓。永远三分钟热度。还会嫉妒别人。有些事情，能糊弄过去就糊弄过去，对自己，也不够诚实。浅薄。知道的东西不少，了解得深的东西不多。总感觉自己跟别人是不同的，却在很多小细节上，发现自己和那些自己瞧不起的人差不多！

“总是控制不住自己的表达欲。时常被欲望所控制。爱吃。懒。时常没来由地焦虑。说谎。贪心。容易激动。虚度光阴。”

“天啊！你和我一模一样。”

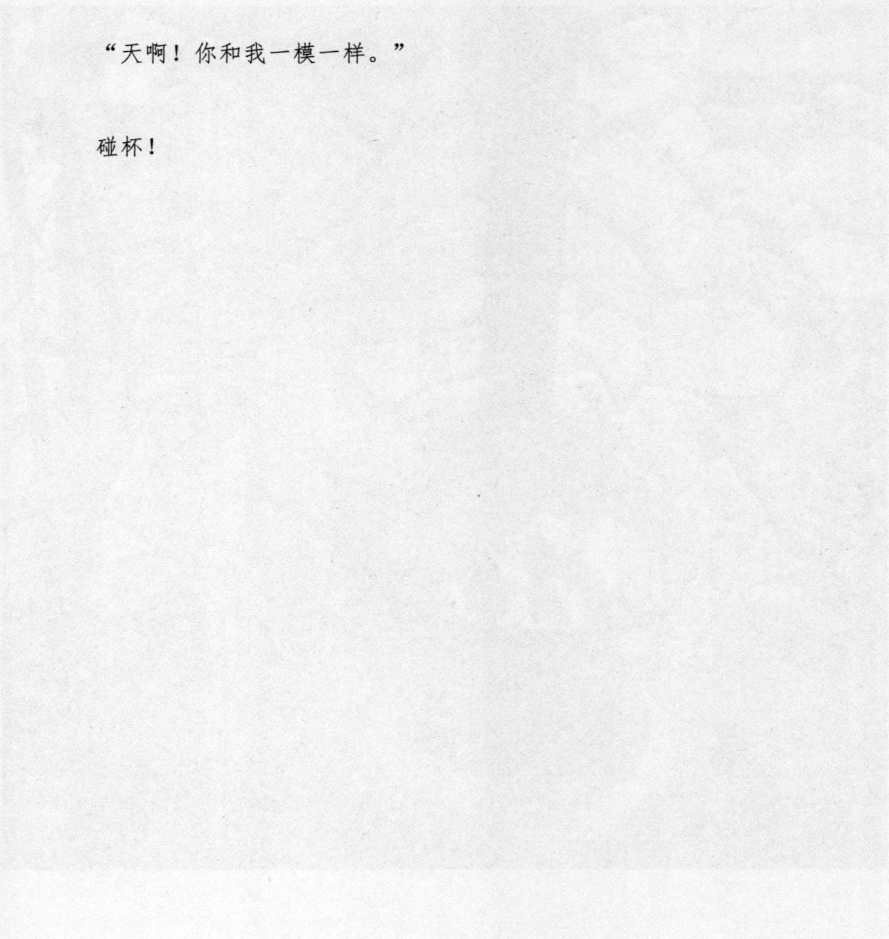

碰杯！

抱柴来烧壁炉

我似乎对获取热量这个事情有天生喜好，尤其是在风雨肆虐的季节。

冷总是让人手足无措，尤其是南方的早春，湿度很大，巴着皮肤的冷，让人整天都缩着，舒展不开身体。

“去抱点儿柴，把壁炉点起来吧！” 每次提出这样的要求，小林就很快抱柴来了。

因为要经历生火这个环节，所以，烤火，是一件很有味道的事。客厅里的壁炉是吊着的，铁质，黑色，下方放着一个装引火细枝的竹筐，竹筐里还有火机和手套。劈柴、取柴、架柴、引火、整理，这些步骤看起来简单，却是需要一些技巧的。不懂的人可能会弄得一鼻子灰，懂的人，很快就能让几块冷柴熊熊燃烧起来。

最先感觉到温暖的是膝盖，然后房间的温度一点点升高，四周的空气马上变得放松起来。阴冷和潮湿消失不见，人马上就想在椅子上换一个更加舒服的姿态。

劈柴这个步骤是可以提前完成的。

山上有无穷无尽的死树和枯枝，捡回来堆放在柴房，得空就劈几段，堆放在炉子旁边。劈好并堆放整齐的柴堆，和储备丰富的粮食一样，让人看着心生喜悦。

裸露着树皮的厚厚的树干被劈开之后，有的会看见隐藏在里面的虫卵，树干的裂纹和它们会让木柴发出悦耳的噼啪声。有的木柴燃烧起来，会冒出香气，听着燃烧的啪啪声，看着窗外被冷风冷雨摇动的树枝，鼻子里再钻进木香，内心的幸福感，和在城里生活时，走在地暖环境中的幸福感全然不同。因为木柴燃烧得很快，我习惯在炉子里放一根大圆木，有了它，可以让其他的柴架在上面，有充足的空间燃烧，它自己也会慢慢燃着，任何时候，炉火都不会因为人走开一会儿就变得奄奄一息。

一炉火散发出充足的热量，在壁炉旁边看书，有时候会因为坐太久而躁动起来。这时候，会想打开门，在屋檐下站一会儿，让冰凉新鲜的空气重新把自己包围，深呼吸几口，吐出胸中的燥气，抬起头，看看铁青色的天空。看够了，我又回到椅子上去，往炉子里添一把新柴。

星星

星星多得让人简直有点儿慌了。
我仰起头，寻找天蝎座。

后来发现，会感叹星星的人，都是客。
当地人，总是仰望一眼，抬腿沉默地走路。

松枝与茶花

难得雨歇了。

早上起来，挂在门边的那个草包让人动了一个念头，就背着出去了。

空山曲抱。

清风扑面。

露珠打头。

因为怕再下起雨来，我决定就近取材。

就在古松下面，潮湿的泥土和落下的松针交融在一起，踩上去很松软。旁边，是通往邻村的小路，路的尽头传来溪水的声音。

我仰起头，开始寻找几枝心仪的松枝。

一而再，再而三地凝视它们，想象一根树枝到了手中的姿态，以及被修剪之后的样子，在经过反复的对比和思考之后，才极为慎重地踮起脚尖，用工具夹下一枝来。

采完了松枝，想去采点儿茶花。

总觉得，松枝和茶花，它们两个的性子，能待在一起。

我知道茶花在哪里。

竹林的旁边，有两株正在盛开的花树，一红一白，最可人意。

红色的那株，花朵硕大，色泽绮丽。

白色的那株，洁白无瑕，闪闪发光。

最终，我选择了红色的。

把松枝、茶花和工具，都装进草包里，背在肩上，往回走。

民宿里，时不时就能在哪个角落里找到一个材质粗拙、形态高雅的花器。

我房间里就有一个花钵，应该曾经种过青苔，后来干枯了。我把它拿到露台上，拔掉枯草，浇入清水，把泥土养湿。

然后把包放下，临风而坐。

修剪松枝时，我不能不去感叹，草木之率性。它怎么能长得那么均匀好看呢？一根一根，又细又长，野性十足，需要我左手像理发师一样，用两个指头，夹住，顺到理想的位置。右手，撑开剪刀。只需要轻轻地一下，那些松针就脆生生断裂了，剪下的松针洒落下来，扑簌簌地发出好听的声音，鼻子里，也瞬间钻入一股清香。

修剪完的松枝，张力极好，十分耐看。把它插入花钵的泥土之中。不断地观察，看它的姿态，和花钵的关系，不断调整，要在它们之间找到一种平衡和美感。

然后，就是把茶花点缀上去。这个动作，往往就是随手的一下，就能得到最好的效果，思前想后，摆来摆去，反而没有了味道。

插花，就是把心中的动与静，都摆弄出来。

这个早晨十分安静，除了风的经过和野鸟数声，再无其他什么来打扰我。

插花这件事情，我从来没有学过，也没有做过，完全沉浸在一件没有做过的事情里，得到的快乐也很特别。我一边做，一边在脑子里想起了一句："青山辗为尘，白日无闲人。"人在山野之中，如果不想做一个闲人，那可真是有好多趣事可干呢！

PART 3

遇见一些人

小美发屋

老街

下午，小林要去县城裱画。我正好也需要买一些生活用品，就搭他的车一起下山，到老街的一个面馆吃了晚饭。他钻进了书画坊，我继续在老街逛逛。

一条约二里地的狭窄街道，住着土生土长的人。这条街又长又老又复杂。夜幕降临，有些路段亮起了红灯笼。这些红灯笼，应该是近些年才挂上去的，很多年前的老街应该更好看。路两旁的房子，多数是两层的木楼，散落着面馆、成衣铺、铁匠铺、中药铺、烟丝店、寿衣店、古玩摊子、鲜花铺、杂货店、咖啡厅、油铺、酒坊。大多数店铺已经关门，那些还开着的，也没有正经做生意，里面的主人不是在看电视，就是在搓麻将。卖青团和粽子的女人还在白炽灯下弯腰忙碌，准备第二天的材料，蒸青团的炉子已经熄灭了，这个时间，也不会再有什么顾客。我看着那一个个已经凉透的绿色果子，心里想，味道应该不错。

有一家卖盐焗鸡的，虽然已经关门了，但是盐焗鸡的独特香味，还是从紧闭的门缝里钻出来，进入我的鼻孔，扰乱我的心。

从一家理发店经过的时候，我的目光被吸引了过去，透过窗户，能看见顾客都是老人家，好几个人，像幼儿园小朋友一样，老老实实坐在长凳上等待。一把应该有五十年以上历史的理发椅漆迹斑驳，有一人，正老老实实地坐在上面，支着大脑袋，给理发师处理。后来小林说这家店已经开了近百年了。主人家几代人都是理发师，只理男发。

小卖部的旁边，是一个古玩店，里面传来唱戏的声音，在没有生意的时候，老板日复一日地自娱自乐，打发时间。

趁着小卖店还没有关门，我赶紧进去买了一管牙膏、一袋洗衣粉和一个指甲剪。一位在台灯下写作业的小姑娘放下铅笔，来收钱。

还有些人，固执地没有把临街的房子改成店铺，仍旧居住在里面，一个男人端着个塑料杯子，站在门口，把脖子和胸脯伸出去，站在街面上刷牙，噗噗几下，把地面弄得湿湿的。

这里面还藏着一家书店，这是我没有想到的。一个很大的老屋被改建之后，保留了天井。进门处是杂货柜，卖茶叶、红糖和蜂蜜。一大片迎春花在楼梯下开得正好，楼梯上去，是茶室。

看见书店岂有不转之理？进去走了两圈，以建筑方面的书为主，我猜想老板一定从事与此相关的工作……我正沉浸在书屋宁静的氛围中，突然闯进来一个穿鹅黄色上衣的小女孩。

鬆陽縣子興煙酒店
人民大街175号
175

老街
宗琮
草药铺
手机：13575380083（650083）
地址：西屏南直街57号
官清民自安

这个小孩子刚学会走路，对走这件事正热衷无限，挺着胸脯，偏偏倒倒，一戳一戳，一趟这儿，一趟那儿。她这个样子让我再无心看书了，只想看她，心里升起一股柔情，她细软的头发和红扑扑的小脸蛋，让我想起了自己的女儿。以我的经验，别看她现在走得欢，再过两个月，等能够步行踏实，她又会一出门就张开双手，要求抱抱了。

小孩的爷爷，虽然光头，皮衣，江湖打扮，却是一派温雅的风度，进来跟我打了个招呼，问我从哪里来，建议我有空去旁边的博物馆看看。

他们出现之后，书店热闹了起来，又陆续来了一些大人和小孩，最大的不过五岁（更大的可能要写功课），最小的还躺在推车里，大概这里的居民都是在这个时间段吃完晚饭。大人们站在天井旁边，有的把孩子抱着，有的放任娃儿自己玩耍，他们家长里短地聊着，全是生活的琐事。这样的情景在我的家乡，可能是在一棵有晚风吹过的大树下进行的，但他们是在人家店里。令人欣赏的是，店员并没有驱赶他们，而是笑眯眯地一一问候，还时不时参与一下聊天，这种融洽的气氛十分难得，让人不得不对这家店的老板的风度肃然起敬。

这些小孩，他们都会慢慢长大，有的人，将来会离开，走了，走得远远的，再也不回来；而有的，会继续在这条街上生活，生儿育女，老了以后，去那家理发店坐着排队，等半天，理个发。

我在这里买了一袋红糖、一罐蜂蜜。这罐蜂蜜拿回去调了温水，喝了一口，竟然十分的纯。很多好东西，都是偶遇来的，我更加坚信这条从生活中来的经验。

老歌

我在天井旁边站着，等着开饭。又是雨天，雨丝一点点滴到水池里。

角落里的蓝牙音箱猝不及防地飘出了一首老歌。

很老很老的歌，第一次看见它的 MTV，应该是二十多年前的凤凰卫视，那时全称叫“凤凰卫视中文台”。

老屋、老歌、细雨，回忆如飞尘。

心里出现了一些前男友。

但是不知道该想哪个。

我问过小林为什么喜欢放老歌，小林说，客人来来往往，各自偏好和经历不同，重口难调，老歌，是最稳妥的选择。一场相逢一场梦，谁还没点儿故事?

下雨喝酒的时候，我们聊了很多

“你辞职做民宿，父母同意吗？”

“不同意，我母亲差点儿为此跟我断绝关系。还好父亲支持我，在事业方面，我受父亲的影响很大。他是一个能吃苦的人。

“你可能想不到，小时候，我们家是村里的首富。父母开了养鸡场，效益很好。我们是村里第一个买彩电的，小伙伴都来我家看电视。看电视的时候，我拿出一瓶矿泉水喝，小伙伴们都惊呆了，白水竟然都可以卖钱？！

“我初中的时候很浑蛋，抽烟、打台球、赌博，还偷父母的钱去溜冰。我父亲很少发脾气，唯一一次打我，是在游戏厅把我找到，抓住我的头发，我喊了一声痛，他就放开了……但有一天，他去开家长会，回来对我说了一句：家长会我头都抬不起来……这句话很刺激我，那天起，我开始用心学习，每天看书到两点多，成绩一下就起来了，考上了我们镇最好的学校。父亲很高兴，对我说要什么，尽管说！我说给我点钱行不行？他啪地一下给了我二十，把我吓坏了。

“后来，父母投资机械厂亏了，家境一下就变差了。父亲拿着仅剩的钱，跑到河南和山东做机械代理，希望能够重新好起来。我记得他走的时候，把家里的凤凰牌自行车搬上了车。他每天就在外地骑着那辆车，每天跑四五十公里，挨家挨户发名片。即便这样辛苦，也是三年没赚钱。那个时候，因为长期分居，我母亲跑去山东找他，要说离婚的事情，到了地方一看，父亲睡在钢丝床上，夏天卷帘门开着，拉开冰箱一看，里面全是白菜。她马上就流泪了，说我不走了，留下来照顾你。

“第四年，父亲突然开始赚钱，后来开了很多分店。

“所以，我现在创业遇到的困难，和我父亲相比，真不算什么。

“我母亲反对我做民宿，是因为我要把房子抵押了。现在，我对母亲基本上报喜不报忧。我父亲知道我有多难，但我们也很少具体交谈。我只能好好做，不好好做对不起家里人，对不起女儿。”

麦兜这泰迪

说起泰迪，很多人的脸上，总会浮起一种奇怪的微笑。

十年前，我去朋友家做客，一进屋就被一只泰迪抱着小腿做不可描述之动作的尴尬经历，至今想起，仍心有余悸。

但是，我今天要写的这只泰迪，它根本不是你想的那样。

在村里住了不到一个星期，我就跟一只土狗结下了梁子，它每天早晨，会召集一众兄弟在我散步的必经之地等我。

一连好几天，当我走到竹林边，就会看见它们狂吠着，齐齐朝我奔来。

遇到这种阵仗，我只好假装有事，打道回府，但心里有些不平，于是咨询一位在农村长大的朋友，该怎么对付。

朋友说："你去找个狗跟着你，到时候它们只顾着识别狗的味道，顾不上你了。"

我问："泰迪行吗？"

"哇！泰迪这种狗，最合适了！"她说。

我想也是，于是去老屋的厨房，在柴房里打开麦兜的笼子，说："走！玩去！"

里面那只小狗，马上站了起来，抖抖毛，射箭一般蹿了出去。

麦兜是小林的狗。准确说，是他姐姐的狗，本来生活在繁华都市，过着锦衣玉食的生活。后来小区禁狗，无奈流落到这山村野舍，被抛弃的命运本来应该是悲伤的，谁知它来到了广阔天地，竟十分享受这种远离喧嚣的生活，整日浪迹于山野之间，成了不修边幅的野狗。

我和麦兜往村口走去，它矫捷地跑在前头，跑远了，又画个圈回来接我。

靠近竹林，远处所有的狗又一起狂吠不止地奔过来。

包围圈越缩越紧。

"你去协商一下。"我对麦兜说。

麦兜二话不说就冲上前去，和它们扭打成一团。

别看它叫得比谁都厉害，但个头小呀！眼看打不赢了，我只能鼓起勇气，到农家的院子里找了个扫帚……

杀开一条血路之后，我俩疲惫不堪地走在开满梨花的乡间小路。

"唉，你不行啊。"我说。

它看了我一眼，满是责难的眼神。

然后我俩沮丧地走了很长一段路。回来的时候，绕了一下。

后来才知道我干了件蠢事!

麦兜和那些狗势不两立，当不了和事佬。

对于乡村的狗来说，麦兜是个闯入者，是个异类。那棕色的卷毛、优雅的体形、充满魅力的四肢，以及从来不摇尾乞怜寻求同类的态度，让它们极其不爽，所以老来找它的碴儿。但麦兜从来没有怕过，一言不合就开干，一干就败下阵来，头破血流，踉踉跄跄地回来……安静地躲在角落里舔着伤口，歇息几日。等好了，又出去浪，见到那些狗，又冲上去打……

这种绝不屈服于淫威的勇猛和帅气，让一只大黄动了心。

那只坠入爱河的大黄，每天都来找麦兜。它身材壮硕，毛色发亮，眼神温柔，摇起尾巴来就忘乎所以，经常发出意味深长的叫声。但麦兜根本不为所动，总是很客气高冷地对待它，可能它的心，全在竹林白云，野路溪流，十分看不起这儿女情长的事，所以每每都是“你走吧！别再来找我了”的态度……大黄有时候“急火攻心”，仗着身材的优势，情难自禁地扑上去，麦兜总是左腾右挪，十分灵活地就脱身了!

麦兜不止是对狗这样，对人也是的。

它好像对谁都没有深厚的感情，包括对小林。从来没有见过它对小林起腻。一般的狗，主人一抬脚，就追随而去，它不会的。多少个夜晚，小林在老屋的二楼，青瓦寒窗下，写他的行书，麦兜在一百米外的月光石径上，迎风坐立，望着远方。小林似乎也从来不喊它睡觉，夜深霜冷，它自己知道回来。

来来往往的客人，有的会极夸张地表现出对宠物的宠溺，但是，他们越热情，麦兜的回应就越冷淡。听到召唤，连头都不扭一下，想看着它对你摇尾乞怜，狂舔示爱，屁股摇出花来，基本上没可能……它总是能准确分辨谁是真心喜欢它的。有时候，它也会猛地一跳，跳到一些女客人的怀里去坐着。把人吓一跳的同时，又眉开眼笑的。这，已经是它最好的回应了。

所以说，当我和它并肩作战，“突出重围”之后的一天在石板路上相遇时，它突然激动异常地奔向我，又蹦又跳，兴奋得险些把我的上衣撕烂，我竟然有些茫然失措了。

有客人的小孩子老想揪住它，喂它一肚子饼干，它每次都是奋力顽抗。对美食的诱惑，它也是不屑一顾的。

大概不管是人，还是狗，到了这山村，满足食欲都变得不再是第一要务。

小林在这山里，吃得十分简单，有时候忙起来，自己的伙食都不能保障，更不用说狗了。所以，麦兜经常也是饥一顿饱一顿。但它对此毫无怨言，一个天生的肉食者，竟然时常满足于一块红薯、一个土豆、一碗炒青菜的油汤拌饭，而且能吃得干干净净。

当然，也有改善生活的机会。有时候，客人吃不完的肥鸡，扔两块给它解馋。它也不会憨吃傻胀，碗里总有剩余。大概它也不想吃成一只痴胖的肥狗，弄得爬个坡都气喘吁吁。

这个天性自由的家伙，讨厌一切束缚。阳光再好的日子，都不会看见它趴在哪里发呆打瞌睡。它总是兴致盎然地想四处看看，但是在餐桌旁边抖动毛发会搅扰客人就餐，所以有客人要求小林把它捉去关起来。

一关起来做了囚徒，它就失魂落魄，四爪挠地，嘴里发出郁闷的叫声。

每当这种时候，小林总会动了恻隐之心，又拨开笼子，放它扬长而去……听小林说，它对这山村的道路了如指掌，最远跑到过几公里外的杨家堂，又自己回来！

匍匐在地，呜呜欲哭，这是它狡黠的伎俩，对心软的小林来说，却是百试不爽的。

小林呼唤麦兜名字的时候，声音特别温柔，就像一个父亲，带点儿心疼，又带点儿责怪。我见过他给麦兜洗澡，一边打肥皂一边唠叨："你是不是掉溪里了？看这一身湿湿的，以后不能去了啊……"麦兜没有什么回应，站在那儿不动，闭着眼睛，享受着热水。它能不能听懂小林的话不得而知，但可以肯定的是，它不会因为历险而停止撒野的脚步。

小林有时候开车下山会带着它，让它坐在副驾驶。汽车蜿蜒前进，晚风吹乱发型，快被山路颠散架的收音机里，飘来一首动心老歌，他会伸出右手，摸摸麦兜的头。

我们离开的时候，麦兜也在小林身边送我们。我女儿因为不舍那里而哭泣，有一部分也是因为麦兜，因为她每次在露台上画画的时候，麦兜总是趴在旁边陪着她。只是，我们当时都只顾着和朋友们告别，忘记了和麦兜说再见。其实我内心里，也有一句对它最真切的祝愿：

愿你多多遭遇善意，永远不要身陷险恶。注意安全！玩得开心！

我们明年再见！

本来不寂寞，有人走了才会寂寞

我坐在露台上，往对面山上看，有车来了，就意味着有人来了。

事实上我并不喜欢有人来，尤其是那种咋咋呼呼的“乡村游”游客，他们总是让人头痛，肆无忌惮地大呼小叫，四处乱窜，在各种地方搔首弄姿地拍摄照片，然后聚在一起互相传递，再各自低头进行美颜操作……有一天我正在天台戴着耳机和墨镜晒太阳，昏昏欲睡之间，一睁眼，一圈手机摄像头对着我——吓得我赶紧跳起来逃开了。

最让我受不了的，是那种大摇大摆的态度。有天我忘了关栅门，一个男人直接推开我的房门，一步就踏进来，我都惊了。

我说：“你干什么？”

“噢”，他好奇地在我房间里四处张望说，“我是游客，进来看看……”

我说：“对不起，请你出去。”

可能对他们来说，民宿就是景点一般的存在？

相比之下，来投宿的人就礼貌多了。他们能找到这山里来，就是寻求一份安静来的，所以基本上没有人大声说话。

我身份特殊，既不是这里的主人，又对这里很熟悉。住的时间比他们长，又仍然是一位过客。我就像一个观察者，时常会在这个村子的各个角落和他们相遇，看那些会享受的人，在阳光下闭上眼睛，或者在露台上默默注视茶园很久。我会跟那些和我有过眼神交流的人说话，甚至还帮一位母亲看过一会儿孩子。

再紧张劳累的人，在村里住上几日，眉目之间都会有轻逸的感觉。

有两个发小，男的，周末同游，晚饭后被大雨困在老屋餐厅，他们也不恼，与我站在天井的屋檐下聊天，一起看雨，看了两个多小时。

有五位阿姨，热情洋溢地邀请我跟她们同桌吃饭。自称是“留守妈妈闺密团”。十几年的好友，孩子们都出国留学去了，几个老姐妹，开一辆炫酷的蓝色牧马人四处游玩。她们还带来了一个令人垂涎的奶油蛋糕，分了一块儿给我吃。

一对中年夫妇，从哈尔滨开车出发，先开到武汉看望读大学的女儿，然后一路继续南下，走走停停，想物色一个将来养老的地方。他们在一个月夜买了好多的零食坐在露台上吃，有啤酒、可乐、花生米、各种糖果和饼干。夜深了，我去睡的时候，还隐约听见他们说话的声音……第二天早晨，我起来想去帮助收拾一下露台，却发现那里已经干干净净，连一片花生米的红衣都看不见。

我其实，也并不喜欢有人走。特别是那些聊过并觉得不错的人。和他们告别之后，我会站在原地，注视他们的车屁股，开走，爬升，并消失。热闹之后，大家一窝蜂散了，那个经常被孩子摇动的竹马静静地蹲在露台，餐厅空无一人，只有天井的水影投射在屋梁上摇摇晃晃，天空静静的，花还在开，鸟还在飞，我坐下来，看着自己扁扁的影子，心里要隐隐约约地失落一会儿。

尤其是假日过后，他们一走，一连好几天，都不会有人来了。

野花

很多人在春天爱赏樱花，自虐般地沉醉于哀伤之美。我本来也有此打算的，但还是被汹涌的人潮吓退了，划掉了去京都的选项，到这山里来看野花。

在我心里，明媚蓬勃，总比哀伤要好。

追随日光的步子，野花精于此道。

下了半个月的雨，一旦开始放晴，短短几天，这山上的野花，就数量惊人地开放了。我时常散步的那条路两旁，昨天还什么都没有呢，今天就开满了紫云英，它们就像是藏够了，听见了我的脚步声，猛地从丛林里钻出来！而且还在继续开，开得很尽情，把我的心也染上了颜色。

它们总是向上的，仅仅需要一点儿日光和雨水就能维系自己的生命。

有一种白色的，贴着地面生长的小花，非常柔软，形状像小蝴蝶，真是走到哪里都能看见。刚开始只是零星开放，并不引人注目，然后就一发不可收拾，在一条山路的旁边铺满了，星星点点，弯弯曲曲，一直延伸到很远的地方。上一个春天，上上个春天，明年春天，它们都是这里的主人，一阵风吹来，就开始骚动，漫山遍野地骚动，可了不得！

还有一种紫色的小花，它的花瓣特别细碎，在阳光底下显得蓬松，一根根直立着，看上去很有个性。我有时候路过，会忍不住想掐几根拿在手里，但它非常顽强，拉扯是拉扯不断的，只能用指甲，一点点掐下来，再揪一根草叶，把它们捆成一束，这束花会被我带回去，插在房间里，只要一看见，心里就高兴。

更不用说山上的红杜鹃，那是我最喜欢的了。它们有着惹人注目的鲜红的花朵，花瓣和花蕊有别致的姿态，而且很大株，生机勃勃地点缀着每一个山头。这种花枝茎粗壮，采摘需要带工具，徒手只能折断极细的花枝，但只采一点儿，哪能够呢？

紫藤喜欢攀附在参天的古树上。不知道的人，还以为是古树开花了。有一次，我在附近的一个古村里看见了好多，它们把整个深林都染成了淡紫色……那天我还没来得及仔细欣赏，就遇见了马匹队伍，赶紧侧身，让路，让那些鼻子喷着热气的高大动物先过去。古树紫藤，花间走马，让我这个外乡人有了瞬间的时空错乱之感。

我经常会因为这些野花，想就在这山里一直住下去好了。它们是那么简单和美。没有任何一朵野花是平淡的，只要你肯把目光停留在它们身上，即便叫不出它们的名字，但还是会觉得和它们的相遇是一段缘分。

而对它们来说，在最恰当的时间，在最恰当的地点，土地解冻了，风暖了，就开始吧！它们才不管自己是不是渺小，也肯定不会在乎有没有人来看它们。

人间寂寞，是人的事。

下雨喝酒的时候，我们聊了很多

说到女儿。

“她提前出生了。当时我还在外地出差，接了电话我就开车往回赶。大雨里把车窗大开着让自己保持清醒。赶到医院的时候，小孩已经出生了。我太太哭着把我痛骂一顿，我只顾着抱着她，仔细看她。以前一直以为这个时刻会流泪，但没有哭，就是觉得她好小、好难看。

“后来每天照顾她，第一次看到绿色的大便感觉很惊奇，真是臭不可挡。她很能吃，咕嘟咕嘟地喝奶，像个小猪。好胖，我当时就想，完蛋了，一个女孩子，怎么这么胖。晚上我哄着睡觉，必须要唱歌给她听，我会唱的歌全唱给她听了，包括《十五的月亮》。发现她睡着了，我赶快把她放到床上去，只要一放下，马上醒，又要抱起来。

“最头疼的是她不舒服的时候，长牙、发烧，急得人团团转，一晚上睡不了觉。

“最幸福的一刻，是她会走了，摇摇摆摆地向我走来。

“小孩长得很快。很快就会说话了。突然有一天，她被什么绊了一下，说了一句：‘Oh,no!’

“我们都很惊奇，因为在家里，没有人说英语。

“那时还在杭州，没有开始做民宿，每天都想法儿给她做好吃的。端给她，她会说：‘哇！真好吃啊！你好棒！’我当时听了很高兴，会夸人的女人命运都不会太差。

“开始做民宿以后，就没那么多时间做饭给她吃了，去年过生日，问她想要什么礼物，她说‘好久没吃你做的饭了’，我就给她做饭当作礼物，她特别开心。民宿开张，她回城里上幼儿园，更是聚少离多。有一天，她打电话给我，说‘明天幼儿园要表演，你来看我’。我把门锁上，就去了。看完表演，吃了中饭，要走了。她哭得厉害，怎么哄都不行。只能心一横，头也没有回地走了。”

“真的头也没回吗？”

“并不是，一边开，一边在后视镜里看她和她妈妈，心里特别难受。回到村里，一个下午情绪都很差。”

……

“我说说我女儿吧！两岁多，前段时间学会了一个词——求求你。

“‘求求你，妈妈，让我再玩一会儿。’

“这词一出，心里软得一塌糊涂，还不什么都依她了？

“后来又学会了一句——都是我的错。

“犯了错，就马上说：‘都是我的错，妈妈你别生气。’

“唉。我还咋生气呢？”

“小孩很聪明。”

“对。”

“有时候想想，我们都不能陪小孩一辈子，很心酸，但是也没有办法。”

风眠

当我在乡村的夜色中行走的时候。我能感觉到，夜晚是怎样落下来的。

广漠的世界都覆盖在黑暗之中。

如果实在太黑，就把手电打开。

习惯走到自己住的房子跟前，再回头看一看雾气笼罩、春雨淅沥的村子。一个个老屋的轮廓，以及层叠交错、星星点点的夜灯。当你决定安于一个夜晚，看到什么，内心都是笃定的，这种感受语言无法描述。但我并没有决定把耳朵关闭，我听见了不知道在哪里躲雨的猫头鹰的叫声。

因为每天晚上我都会喝一点儿米酒，所以很容易困。困了就回去睡了。时间经常在八点，或者九点。这在之前的生活习惯里是不可想象的。在我二十多岁的八九点里，时常在与人交际，在饭局酒桌上夸张地描述自己所“承受过的苦难”和“独特经历”。如果要问我三十岁以后的八九点都在干什么，还真一时难以总结。总之夜晚应该拿来休息，但都被浪费了。

因为经历过很多很多的焦躁和失眠，没有人比我更愿意倒头就睡。

除了偶尔被暴雨惊醒的夜晚，大多数时候，我跌入的，都是无梦的睡眠。在我睡着期间，地里的莴苣在无声无息地长高，桃树的光枝在悄悄地变绿。有风从山的后面过来，经过我的屋顶，轻轻晃动木门，在黑夜里摇动花和树，又奔向远处层层叠叠的山。但这些，我都不知道。人在风中好入睡。

这样的睡眠，五六个小时就足够了。因为睡得早，所以醒得也早。有一天我醒来，打开门，小林在外面扫地，他和我打招呼：

“昨天晚上风很大啊！”
“哦，是吗？我全然不知。”
“是东南风，你看这茶花，吹落了一地！”

画画的人

他们又来了。那些画画的年轻人。

他们是中国美院的学生，考进去可算是千里挑一。这些年轻人有一个共同特点是有礼、安静。尽管一来就是一个中巴车，但山村并没有因为他们来变得喧闹。

大雨初霁，空山如洗。

流动的光线罩在村子里。

他们下了车，很快就分散在村子的各个角落，以天地为画室，对着瑟瑟竹林撑起画架，在石板路上摊开画纸，在古松下沾湿笔刷……女孩们喜欢坐在弥漫着水汽的桃树旁边，那里花香暗度，清风拂发。男孩们更钟爱石板路和小巷子。不管是坐在哪里，他们很快就进入一种专注状态……如果雨又下起来了，他们会躲到屋檐下去，或者在细雨中，穿着雨衣，戴着斗笠，默然听着雨声，继续笔刷的行走。

山里的雨可不好说，说不好什么时候就骤雨横飞了，这时他们会收起画架，躲到咖啡馆里来喝一杯热茶或者咖啡，三三两两地聊天，或是趴在木桌上小睡。满满一屋子的人，却一点儿也不吵闹。走的时候，他们会把桌面的杯子送回吧台，把垃圾收拾干净。

花看影子，月看半圆的时候，人看工作的时候。

我挺喜欢看他们的，但我并不会在他们作画的时候直直伫立在他们的身后。试想我在写东西的时候，身后站个人，是什么感受？

但是，有一天，很早，我在屋子里喝咖啡，外面站了个年轻人，他冒着细雨站在露台上，撑起了画架，慢慢做着画画之前的准备工作，他可能并不知道，隔着玻璃窗，有人在看他。

咖啡早已喝完，细雨未停，我在等着，等着他画出第一笔。

采茶工

劳作的季节，人们要和天气竞争。在一茬茬的嫩叶变老之前，把它们采摘下来。

她们大多都是天还没亮就开始工作了。晴天戴着帽子和纱巾，雨天穿上雨衣戴上斗笠，腰上别一个小筐，站在齐腰的茶树前，手指飞快。一个上午，筐子里的茶叶都要满得溢出来。

中午，采茶告一段落。人们三三两两，坐下来，吃一点儿东西。

我去尝试过一次，亲手采几片细嫩的绿芽。它们圆润饱满地躺在手心里，生机盎然，放在鼻尖闻一闻，有淡淡的香气。但是，看似美好的工作，却十分艰苦，采不了二十分钟，就会腰疼难耐。

效率高的茶工是不与他人聊天的，沉默地干一天。

从二月份，忙到五月份。春天过去，盛夏来临，她们又要进城去找工作，就这样四季轮转，养活自己和儿女。

远方

“你听！”

“你看！”

这是我和小林坐在露台上的时候，最常听见的两句话。

比如：

我看着对面说：“你听，竹林的声音。”

或者：

他望着山谷的尽头，层叠到茫然天际的山说：

“你看，那里就是人们常说的，远方。”

下雨喝酒的时候，我们聊了很多

大雨滂沱，水汽弥漫，收音机里传来一首老歌：

我要带你到处去飞翔
走遍世界各地去观赏
没有烦恼没有那悲伤
自由自在身心多开朗

“这首歌叫什么来着？好熟悉。”

“《张三的歌》，作者叫张子石。这首歌写于八十年代，他离婚了，带着两个孩子去美国旅行，在旅行途中写的。张三可能说的就是他，或者，指每一个普通的人，‘张三李四’的‘张三’。”

“蛮好听的。”

“对。每次听这首歌，我总会想起一部电影里说的，成人的世界里，没有‘容易’二字。每个人，在生活的路上，似乎走着走着，都要进入那么一个阶段，必须和懦弱、痛苦、难堪共存。这和年龄、贫富没有关系。”

“人生的某个阶段。”

“对。我有一个朋友，也离婚了，如失了魂，恐惧未来。我对她说，当务之急就是过好每一日庸俗的吃喝拉撒睡。一觉醒来，至少要知道接下来该做什么。比如去煮一壶豆浆，送孩子上学，去上班，给快死的植物浇浇水，去交电费……就这么过着。等待用一种‘单身母亲’的生活习惯，把过去的生活习惯覆盖。

“要么就像张三一样，抛弃一切，带着孩子去旅行，来个‘恩断义绝’的仪式，加深自我暗示，一段关系到此结束，要果断而坚定地接受现实。”

“放下，是不容易的。”

“当然，特别是放下一个曾经爱过的人，孩子的父亲，一段婚姻。但所有跟时间有关的问题，别无他法，只有一个字——等。不要害怕，断裂和重建，也意味着另一种可贵的东西来到身边——自由。”

我不怕醉，我怕散

“旅行的意义，不止于路过风景，还有与一些有趣的灵魂不期而遇。”

这是琳达说的话。

有一天，来了一对男女，女的叫琳达，男的叫家伟。他们举止亲密，眼神有趣，我还以为他们是初识的恋人或情人。后来吃饭的时候，听他们聊孩子，才知道是夫妻。

那天我们在一个长条桌上吃饭，他们在一头，我在另一头。目光相遇，打了个招呼。琳达好奇地问我：“你怎么一个人出来了？”

我说：“春天不应该只待在家里呀！”

“太对了！”她一下拍起桌子来，“我来这里，也是不想错过这个花季！”

我心里想：姑娘是性情中人啊！

然后我们聊起来，我注意到一个细节，家伟喜欢用火柴点烟。我想他应该很喜欢划燃一瞬的感觉。然后小林也加入了进来。聊旅行、聊吃的，他们从海滨城市过来，给我们讲起各种各样的海鲜，把我和小林馋得不行。

小林说，以后要有机会，一起吃海鲜，喝酒。

琳达做了个不同意的手势："我最不喜欢的，就是以后。以后，就不知道是什么时候……就明天吧。"

"明天你们不是要走吗？"

"不走了。"

第二天，琳达和家伟开车下山，不知道去哪里买了一堆海鲜回来，说要办一场四个人的宴会。

于是，那一天，我一边听着雨声工作，一边期待着有人喊我吃饭。

傍晚六点多，短信来了。雨还没停。

我合上电脑，沐浴，更衣，吹干了头发，把带来这里一次都没有用的口红抹了抹，喷了点香水往餐厅走去。

尽管是在这荒村里，内心仍把它当成个正式的宴会。

好菜已经摆上桌了，凉拌海蜇、爆炒鱿鱼、青蛤汤，还有鱼。四瓶陈酿黄酒诱人地并排耸立在灯光下。

哇！一人一瓶？我走过去坐下。

“来来来，难得相遇，何妨一醉？”

有了这话，还含蓄什么？

“杯子拿来！”我说。

雨越下越大，汇到青瓦片上，又从屋檐落下，不时飘一点儿到身上，但好酒好菜在眼前，谁也不想去挪动位置。我们开始喝酒，热烈地聊天。每个人的脸色都随着夜深逐渐变得更加好看，一以贯之的欢乐。

黄酒的味道微苦而含蓄，微妙的厚重润泽，从舌尖贯穿到身体里。

“这好酒是哪里买的？”我问。

“不是买的，是我们带的。”

“你们旅行还带这么多酒？”

“当然，经常。我经常对人说，旅行的意义在于遇见，遇见好的风景、遇见有意思的人。所以，每一次出发，我都带上一颗诚挚的心，后备厢装着酒。”

“如果遇不到什么人呢？”

“遇不到我就和家伟喝啊！”

这话让我从心里喜欢。

“其实我们生活里，做生意需要经常喝酒。”琳达说，“但那种酒我不喜欢。追逐名利的醉，和醉于山野，毫无疑问，还是后面这个好！很多人，以把人灌醉为乐，酒的好，一点儿都体现不出来。”

她说话的时候，家伟一直在给她剥虾，剥好一个，放一个在她碗里。

我问："你俩结婚多年，两个孩子了，还那么好，秘诀是什么呀？"

"还能是什么，忍呀！"

她斜了他一眼："我忍他很久了……我们出来之前，家伟在家里跟我聊天，谈我的缺点，谈了一晚上！脾气不好、一根筋、作、乱花钱、强势，谈得我都觉得世界是昏暗的了。换一个女人，可能早打起来了。但是，你知道聊完了，我是什么反应吗？我，感谢他包容。"

家伟是个寡言的人，喝了酒，话渐渐多了起来。时常让大家笑起来。他给我们讲琳达带女儿去坐过山车。女儿抱着柱子死活不上去，琳达说："你给老娘等着，回来告诉你酸爽……"然后，她吐着下来，一把鼻涕一把眼泪地告诉孩子，还好你没去。

每个人面前的一瓶黄酒很快都喝光了，小林又去提了米酒来。

"但求一醉的时刻，太少了。喝吧，大不了一起去医院抢救。"家伟说。

就这样度过了尽兴的一晚，一年中为数不多的大醉时光。

关于这顿酒，他们说的是，我总是不停地站起来，给大家斟酒。够了够了，他们总是说，却一次次地饮尽了杯中的酒。因为我说了一句话：

"我不怕醉，我怕散。"

琳达琳达

喝完大酒的第二天。我醒来，给他们发了个短信：

“昨晚发生了什么，我嗓子好痛。”

他们都笑我。

确实，好久都没有像昨晚那样大笑过了。

“情深不寿，酒醉伤身。下次见面，不这样喝了好不？”我抱着蜂蜜水打字。

“好。”

琳达他们要走了。

我在小院门口送他们。

他们执意要等小林从餐厅下来和他说再见。

小林却迟迟没有下来。

“你说，他是不是给我采花去了？”琳达充满了期待，并对小林赞不绝口，“细致、有才华、不啰唆、温和、细心、沉稳，还做得一手好饭。”

正说着，小林步履生风地跑了下来，手里空空如也。

“天哪！好失望！我以为你给我采花去了。”琳达立马大喊起来。

小林很不好意思，赶紧进屋提了剪刀出去，不到十分钟，给琳达扎了一束桃花和山茶回来。虽是仓促采摘，但也是用了心，那花束有一种拙朴美感。

琳达心满意足地接过花。

快要上车了，她突然又回头对我说：“你在这山里，也要注意打扮啊，任何时候都不要放弃自己！你知道吗？我刚来的时候，还以为你是这村里的大妈呢！”

甩下这句话，她跳上车子绝尘而去，留下我一个人在风中不知道该不该玻璃心。

她回去以后，我们保持了联系。

她给我发了一张照片，那束花，被她插进一个好看的花瓶，放在客厅里，满屋春光。

我说：“你让小林给你采花，是我的话，肯定不好意思开口，带着遗憾回去了。想要什么，直接表达，这很好。”

她说：“想要，为什么不说？”

“我比较怕给人添麻烦。”

“这是麻烦吗？这几天，我只要一看见花，就想起小林，想起在乡下的美好，这是麻烦吗？”

高兴起来唯我独尊，忧伤起来觉得万物皆悲。这是她对自己的评价。“我有一种能力，让身边的人都对我很好，父母、朋友、老公……但我又是一个特别平常的人，很感恩，只想努力将生活过好。把自己这一生快乐地过完，就这样。”

她也会老问我在村里寂不寂寞。

我如实回答：“真的一点儿不寂寞。我在这里平静舒适，没有比这个更好的了。”

过了一段时间，小林去县城取回两个包裹，都是琳达寄来的，一个是我爱吃的芥末豆，一个是小林爱吃的大黄鱼。芥末豆是让人在工作间隙放松的东西，黄鱼垫上葱段、生姜，洒上料酒蒸了，鱼皮和鱼肉之间有一层油脂，油脂令人感到快乐。

我对琳达说：“给我寄豆豆，我给你寄书好不？”

“不好。这叫交换了。”

“我无以为报很难受的。”

“没事，习惯就好了。”

雨夜

天籁。

下雨喝酒的时候，我们聊了很多

“来山里以后，有什么变化吗？”

“最大的变化就是不爱去跟人比较了。

“以前总爱去比，有时明知不对，却还是很难克制的。有比较，就会有落差，有落差；就会有烦恼。可能人天性里需要‘胜过他人’的快感吧？更可怕的是，有的人会通过比较来作为认识自己的途径。”

“其实，当我们有‘比’这个行为的时候，潜意识里，已经觉得自己不如别人了。”

“来山里之后，遇见过很多牛人。他们来这里与我喝酒谈心。渐渐地，我也找到了解决这种烦恼的途径，就是坦然接受自己不如他人这个事实。对别人的成绩和优越，表示敬重和祝福。”

“而且，你还要知道，牛人可能过得也没那么好。照样会疲惫不堪。他们是不是也很羡慕你？”

“是的，但每个人都有让别人羡慕的地方。”

“人们老爱互相羡慕，其实时间有一百种打败人的方式，谁都逃不掉。”

天然的美好

湿润的雾气，让人深深感到春天的可靠。

我小时候住在大山里，几乎每天早晨都在浓雾中走路去上学。那些雾新鲜干净，闻起来就像是有些甜味。灰蒙蒙的雾中都是背着书包、早起独行的孩子。未灭的路灯穿透了重重厚雾，发出如梦似幻的黄光，路灯下的早点摊散发出面点的香气……这一切因为是在朦胧中，所以有一种令人难以忘怀的美。

后来我来了城市，雾天变得让人如临大敌。如果不戴口罩，就会呼吸到肺痛，小学生们上学需要车接车送，雾大的天还会停课。细想，会有一些小小的悲哀，雾本身是很美好的啊，不应该被人们避之不及。这些孩子，错失了多少天然的美好。

我到南方来，第一天看见干净的雾的时候，简直像一个小孩子一样高兴。

因为身处一个狭长的山谷，所以，春雨催生，雾气流动。它们从山的深处喷涌而出，在谷里漂流、聚拢，又散去。尽管像帷幔一样遮蔽住了很多东西，但我的心里是很清楚的，它并不会阻隔什么。

在浓浓的雾气中，炊烟照样会升起，公鸡照样会打鸣，小松鼠照样会跑来跑去。

古松和房屋，在雾重的时候就是淡淡的黑影。这是很值得欣赏的画面。雾逐渐地流走了，房子露出了湿润的屋檐，古松却只有一半变得清晰，它阔大的树冠，还在朦胧之中。

如果雾雨交替，很难出门，我就站在窗前看远处隐没不见的青山怎么慢慢透出一点儿影子，变得清晰，然后又被汹涌而来的雾团团抱住。说来也怪，阳光普照的日子，反而不如这模模糊糊之间，人更容易把山的骨骼看出来。

哪哪都是湿润的。

在雾中步行，感到最舒服的，是鼻子和皮肤，整个人被微小的水汽所浸润，它们很干净，除了去享受，其他什么都不用担心。

雾里看花，最好是看我房子后面那株海棠。

薄薄的雾气在流动，粉色的花朵在清风中晃荡。雾气轻盈、缥缈地后退着，被清晨的阳光照亮。

半晦半明之间，花的心情，似乎也开朗了。

这世上没有绝对分明的东西。

能享受到雾，也就已经享受到了最真的东西。

虫子

在乡村生活，有虫子出现在房间里，是再正常不过的事情。

我房间里最常出现的就是马蜂和臭屁虫。

第一眼看见马蜂的时候，我还是很紧张的，因为小时候被马蜂蜇过，那种肿痛的感觉至今未忘，所以，我给它照了一张照片，发给家乡的长辈，询问是否蜇人。得到的答案是否定的，于是大舒一口气。

臭屁虫呢，看着也不像是很有恶意的样子。所以，我就放松了警惕，觉得只要互不干扰，就友好相处吧。

所以我时常会在工作的时候，看见一只臭屁虫，从我的桌面经过。或者看见它趴在玻璃窗上，它特别喜欢趴在玻璃窗上。有时候，它会爬上一个为房间做装饰的枯枝，停留在上面，一动不动，相映成趣。

我以为，我们能够这样和平地分享一个房间，直到我离开。但是，万万没有想到啊！有一个晚上，我刚入睡，就突然听见清脆的“啪”的一声！

一只臭屁虫，准确无误地，落在了我旁边的枕头上。

我弹起来。

越过那条线了！小虫！我坐在被子里，瞪着它，试图让自己充满警告意味的肢体语言让它识趣地离开。

但它仍然不为所动，看样子对我丝毫没有惧怕之意。

被冒犯的感觉油然而生。

动手吧！我对自己说，人生能打几回虫呢？

向来以富有行动力自傲的我抄起一个枕头，猛地一挥，那只虫就从枕头上飞了出去。

很漂亮的动作！

它迅速从我眼前消失了！

我恨不得与自己握个手，表示下赞赏。

平复了下心情，我钻进被窝，双手搂着舒服的被子，准备继续我的美梦……

但是，等等！

我又弹起来。

这是什么味儿？

坏了，在我对一只虫子实施报复行为的时候，忘记了一个重要的事情，这个虫，叫“臭——屁——虫——”。

枕头飞舞的一瞬，魂飞魄散之际，它，施了大招。

我的枕头，我的床，立刻变得奇臭无比！

这种独特而强烈的味道，用“打脑子”来形容一点儿不过，我人在床上，不管是向左翻，还是向右翻，还是平躺，它都会像无处不在的空气一样，钻进我的鼻子……

一个晚上毁了。

我在令人崩溃的气味中，睁眼到天亮。

明天找到你，你就知道错了！

第二天，我向小林报告了此事。

小林来了，帮我换了干净的床单，然后开始拿起工具找虫。

在这里！他在桌子的脚下找到了它。

不要把它捏死！我突然对准备大开杀戒的小林说：“用纸包了，扔出去就好了。”

“再跑进来怎么办？”

“再跑进来再扔。”

下雨喝酒的时候，我们聊了很多

“今天有个美院的学生，到厨房里来问我，有没有吃的，我拿菜单给他看了。他犹犹豫豫的，问可不可以炒一盘青菜给他。我想他可能是经济拮据，就说当然可以。我炒了青菜，放几片咸肉，结账的时候，我本来想说不要钱的，但还是收了一点儿。”

“嗯，穷过的孩子，都有放不下的紧张和敏感。最大的问题是自卑成疾，终身伴随。”

“你穷过吗？”

“穷过。小时候，家境不如人，很自卑。衣服穿小了给妹妹，妹妹穿小了给弟弟。每一学期的学费，都要靠我妈去借。我刚去北京的时候，下大雪，冷极了，只能把所有的衣服都穿在身上，大红的毛衣，黑色的呢子大衣，西裤，球鞋，还有一个顶着大线球的花帽子。这装束，你想象一下吧！回头率，那是相当高的。

“穷，让我最痛心的，不是别人的笑话，而是2004年，我在北京，我母亲患急性胰腺炎。我爸打电话告诉我，我妈下病危通知书了，我第一考虑的是，路费怎么办。”

“穷不可怕，可怕的是，总要拿自己去跟别人比。”

“对，越比越难过。

“其实，我想说，穷，不是原罪。没什么好拘谨的。最好就是坦坦荡荡，过力所能及的生活。用不起雅诗兰黛，就用宝宝霜。买不起大牌的衣服，就穿牛仔裤。只要年轻，挺起腰板，扎个马尾辫也会好看的。用不起名牌包，用帆布包也不错呀。

“重要的是，有一个健康的身体、一颗感知清风明月的心和跟人说话时不会躲闪的眼神。”

“很对。”

碰杯。

看竹林

我所住的房子，在一个山坡上。山坡下去，是一片茶园，茶园到底，又是山坡，那个山坡上，有一大片竹林。

每一天，我都要花大量的时间凝视它们。

竹林那边，还有青山无数。

看竹林的摇动，让人感到心情宁静。那些漂亮的叶子，分成不同的绿色，轻盈地婆娑摇动，翻来覆去，层层叠叠，借着风的力量想要表达些什么，却让人不知道该怎么回应。有时候风换了个方向，它们就静止了。随即风又来了，顷刻之间，竹浪层层，苍翠流淌，哗哗啦啦，用“澎湃”来形容也不为过。

我虽然坐得离它很远，整个人却沉浮于其中。

没什么事，心无所求，无所奔忙，凡愿俗虑随风飘散。

有一天我用了三个小时的时间来看竹林，一个上午几乎就这么过去了。当站起身时，自己也很惊讶。平日里，能在什么情况下，如此愉快踏实地坐上三个小时呢？电脑前吗？肯定是不行的。咖啡馆？也无可能。试想要坐两个小时以上的飞机，内心如何发愁……

看，才是这件事的核心内容。想什么都不重要。或许对有些人来说，这是无聊，但它还真不是。

我这些年很少感到无聊。

无聊是属于那些精力旺盛的人的。精力是身体里无形的力量。在年轻的时候，总以为它是无穷无尽的。这样的自以为是，持续不了多少时间。只需要几年，你就会发现，自己越来越容易累，能够集中注意力的时间越来越短，能让自己感兴趣的事情，越来越少。

既然精力这么有限了，哪里还有多余的时间需要去打发？

前些年我时常对自己说，要警惕陷入一种应对“无聊”的恶性循环之中，更要警惕对流行生活方式的盲从。不要去关注和讨论没有意义的八卦新闻，不要长时间地陷入负面情绪中去，要合理地分配和调控。尽量抛却琐事，停止一切透支身体的行为。

拿大量的时间看竹林，获得了平静的感受，心中变得空旷，精力得以储蓄，怎么也不是在浪费时间。

如果感觉喜欢，大可以每天都这样做。明年也可以再来。

鸟的影子

任何时候。

拿出手机录一段视频，都有鸟的声音录入其中。

拍照，也总有闯到镜头里的鸟的影子。

我总是放大并端详它们。
不期而遇。犹如神会。

玉山，青鸟

很多鸟，我都叫不上名字。

它们不停地叫，数量根本数不过来。

每天清晨醒来，听见它们的叫声，马上就清醒了。不用揉眼睛，也不用伸懒腰，只想起身去看看它们。以前出门，就汇入人的海洋，从小区开始，到车站，到任何一个地方，到处都是人。如今打开门，就只见层层山岭，四处鸟语，油然而生的，是全新的快乐。

有一种鸟特别多——有浅蓝色的腹部，褐色的羽毛，眼睛像黑色的豆子。看见它，我总有难以言喻的亲切感。它的个头，其实比其他鸟类大得多，但它秉持开放的心态，并没有用太多的时间在天空盘旋，而是选择了和小麻雀们一起在菜地里蹦跳，既不协调，又很接地气地一起玩耍。耍累了，它会飞到栅栏上驻留，一会儿又飞到一朵莲花菜上面停歇。

还有一种不是每天都造访此地的黑色的鸟，它仿佛只是受到我的房子下方那棵开花的梨树的邀请才来到这里，叫声轻柔婉转，能把人听到迷住。可能怕其他鸟儿嫉妒，又或是出于异乡鸟孤独的秉性，它总是独来独往。等那棵树的花全部落尽，再也不见了它的身影。

村子里有个安静的池塘，山顶的雪水融化了，顺流而下，通过自然形成的沟壑注入这里。池塘的水面长期都是平静的，倒映着竹林和流云，就像一面镜子。如果哪一个瞬间，突然传出喧闹的声响，要么就是里面的鱼不甘寂寞蹦出来了，要么就是有鸟来了，它故意飞得很低，用翅膀拍打水面，让“镜面”起了涟漪，并且荡漾开来……

鸟儿们在这个山里过得简单，畅饮晨露，品味夕阳，与世界无所不谈，很少苦涩痛苦的言语。它们永远不太忙碌的样子，啾啾婉转，淋漓尽致，却永远无法触及。还好我已学会了过耳不恋。

每当春雷响动，闪电划破天空的时候，我不由得会想起这些生活在山中的鸟儿。在这个风急雨冷的夜晚，它们将藏身何处？这未解之谜，我从小时候疑惑至今。

夜的声音

池塘里住着很多的青蛙。

它们总是在清晨和晚上发出声音，交响着，然后在太阳升起的时候，开始沉默。不知道去哪里了。我试图走到池塘边去看看到底都是些谁，但一次都没有成功。

有一天，工作需要，做一个语音直播。我把电脑搬到了外面。群山环绕之中，我对着耳机说，如果你听见了一些杂音，请不要介意，那是风的声音。

直播从夜幕低垂，持续到了月亮升起，确实有很多风经过，我坐在长条凳上，说了很多很多话，喝下了四瓶啤酒。

结束之后，编辑给我留言说：“真好，我听见了青蛙的叫声……”

“哦？是吗？”

我好奇地把节目倒回去听，果然听见了夜晚的声音——风吹、树动、虫唱、蛙鸣……它们似有似无，却又清晰可辨。那么，本来很普通的一项工作，变成一次难忘的经历了。

我收拾好电脑，端着往房间走。

在这夜的声音里，菜地睡了、房子睡了、鸟睡了、狗睡了、山睡了。我也该睡了。

花的破绽

小林采了一枝野杜鹃送过来，插进巨大的玻璃瓶中，供以清水，放在我的房间里。

它只开了一部分，娇娇嫩嫩，还有很多的骨朵。红得非常好看，花瓣没有任何过渡和晕染，痛痛快快，坦坦荡荡的艳丽。花朵的大小，刚好，并且没有特别浓烈的香味。

在房间里，那些骨朵又绽开了不少。奇怪的是，我每天有大量的时间在房间里，却看不到它是怎样绽开的，好像它专门等我低头的时候，抓紧时间开放，等我一抬头，哇，开了一朵！再一抬头，哦，又开了一朵！

每天工作的时候，我抬头就会看见它。一看见它，我就对自己说：“加油干，事情做完了，上山采花去！”

山林之乐

本来想等到完成工作了再去采花的，但是眼看着红色的杜鹃一片片地染红了山间，一想到花不等人，就有点儿着急。

那天清晨，我起来后发现晴空万里，顿时有些心痒难耐，索性连早饭都不吃了，问小林借了车子，把手剪扔在副驾驶的位子上，开着上山去了。

前几日下山办事，在往返途中，仔细观察，哪一个路段的杜鹃开得最好，我已心中有数，所以按照记忆中的地图，直奔而去，很快就找到了那个地方。把车靠边，停下来，拉上手刹，走出车外……这里正好视野宽阔，能俯瞰整个县城以及眺望所有被称之为远方的地方，有风吹人胸襟，头顶有鸟在盘旋。

但走到跟前才知道，那些看起来很容易够到的花，其实很高不可攀。

杜鹃这种植物，很有性子，成片地生长，用迷人的颜色诱惑你，等你靠近，才发现它们全长在危险的地方。

但是大老远赶来的人，怎么能轻易放弃呢？

我把车锁好，把剪子别在牛仔裤屁兜，开始从一条小路往上爬。

小路很窄，很多小石头，树影斑驳。我爬到差不多的高度，就开始横穿一片茶林。茶林的另一端，就是开得正好的杜鹃。

越靠近，就越有一种冒险的快感，因为已经没有路了。

这些花长在松林里，估计很长时间都没有人造访，地上的松针已经积累了很厚，还横七竖八躺着些枯死的松枝。要特别小心，它们特别脆。迈出去的每一步，都要判断好了下面是坚实的土地还是蓬松的空隙再下脚，必要时，需要用手抓住旁边的树干做保护。

经过艰难的跋涉，我终于置身于红色的花树之中。

阳光从松树的叶间照射进来，团团簇簇的花朵让人心神荡漾，恨不得整个人扑到花堆里去。可不敢呀！下面是悬崖。

我从屁兜里掏出剪子，开始专心物色心仪的花枝。看到姿态优美的，就把繁花密叶拨开，从它的底部剪一大枝下来。全神贯注，告诉自己，不要往下面看，会眩晕。

这一种山林之乐，无人分享，只管在深林里听着风声鸟鸣，沉默地享受这一切。

一个小时以后，我举着几大枝鲜红的杜鹃回到公路上。

现在要思考的是，怎么把它带回去。

因为比较大枝，我试了几次，后座都塞不进去。

此时也不过上午九时，阳光要比来的时候更亮一些，远处的县城更加清旷……吹着徐徐而来的风，我并不着急，把花都放在车屁股上，把半个身子伸进车里按开音乐，然后坐在路边去，看着眼前生机勃勃的一切，就坐这，慢慢想吧。

这个地方的鸟可真多呀！尽管车里还传出音乐，我仍能听见周围至少有五种鸟儿的叫声。身后传来了窸窸窣窣的声音，回头一看，看见一只比我还慌张的野兔，正飞快地藏身草丛。在那个草丛的尽头，有一个呆呆的树疙瘩，一看就是不知道哪年被山洪冲到这里来的，很大一个，看得我特别心动。我想，这要是能把它拉回去，劈了做壁炉的柴火，该多好！

人有时候对自己的能力有限，得认呢。我最后迷恋地看了那个树根一眼，把头转开了。

十点多的时候，因为饥饿难耐，必须返身了。我站起来，拍拍屁股，胸有成竹地实施心里想好的运输方案：打开后备厢，把一部分花的枝条塞进去，花叶担在外面，然后，拿一根绳子，把后备厢稍微拴一下，既给花朵留一点儿空间，又不至于让后备厢大开着。把剪子也扔在后备厢里。

然后我就跳上车，拉着一后备厢的花，继续听着音乐，飞驰而去。

这可真算是，尽兴而归了。

桐花

我在这山里采过很多很多的花，桐花，是最特别的一种。

它在四月上旬开，成群盛开在枝头，颜色就像刚睡醒一样，迷迷糊糊的，一点儿都不惹人怜爱。它的枝条屈曲，花瓣肥厚，很不惊艳，但恰恰就是这份低调，很厉害地感动着我。

谁知它是非常不愿意配合的。我剪了几枝回来，怎么修剪，插入瓶中，都缺点儿意思。

并且第二天，花朵就垂下来，很快就蔫了，突然就变了样子，一点儿商量的余地都没有。

就是这么倔强。

于是我也再不敢去剪它了。

林中一周

这一周的生活总结起来就是：

有花堪折直须折，莫使金樽空对月。

PART 4

另辟蹊径

夜车

清明节假期。小林又变得特别忙。

一天之内，每个房间都住满了。

傍晚，他满头大汗地跑来问我，可不可以晚一点儿吃晚饭，他还有太多的客人需要去安顿。话还没说完呢，他又被电话叫走了。我对着他的背影说："哎，不用管我了，我去县城有事，正好在山下把饭吃了。"

其实，我没什么事，是为了减轻一下他的工作量。

也是为了去开夜车。

下山的时候，已是黄昏的尾声，鸟声渐渐平息，群山沉沉不语。在刚亮了路灯的县城行走，有轰鸣的摩托车放肆无忌地擦肩而过，奶茶店放着流行的音乐，服装店门口的音箱还在重复着"最后三天"做最后的招揽，走进小面馆吃东西，隔壁桌的情侣在讨论电视里的真人秀节目。

回去的时候，夜色清明。

喜欢开夜车，孤独一人，风特别凉，在漆黑蜿蜒的山路，有很多不确定的东西。陌生，冒险，不安全感。车灯只能照亮一小段路，行进，行进，音乐令人沉默……从未如此平静地凝视前方，内心早已波涛汹涌。

蜂子

喜欢听蜂子扇动翅膀的声音。

不管是哪种蜂。

也喜欢看它们工作。

但要小心翼翼地保持距离。

那天，一个黄昏，我站在少有人走的小路边，看一只野蜂在一丛野花里忙碌。它震动翅膀，钻进一朵花的喇叭筒里，不一会儿，又钻出来，腿上沾满了花粉。它继续寻找下一朵，非常专注，一朵，一朵，又一朵……突然，风来了，花朵开始摇动，它有点儿对不准，一再尝试，仍是无法……我也有点儿急，想伸出手去帮它支住，但这一片好心只敢停留于想法——怕误会！误会的后果很严重。对看蜂子这事儿，我不知道哪里来的兴致，一直在那里看，以至于耽误了我要走到山那边去看看夕阳的行程。

留下

今天起得早，我本来打算走到山上去的，但被狗拦住了，索性返回。在途中我顺了一把花草回来，没有工具，手指做剪，橘子皮做花泥，咬一截缝裤子剩下的棉线，插了个小花瓶。因为有客人很早就预定了我住的房间，我需要暂时搬离。

收拾完毕，把这瓶野花留在了洗手间，留给下一个房客。

下雨喝酒的时候，我们聊了很多

“晚上把咖啡厅的投影仪帮我打开吧。下午听了一首歌，想重温一部电影。”

“什么电影？”

“*Once*，《曾经》。”

“讲的什么？”

“两个人，相遇了。soulmate的那种，分享彼此的感受，高度的默契，但是却没有选择在一起。演得很平淡，动人的是那种，不尽力去靠近，而是努力保持距离的感觉。”

“这种事发生的概率很低。”

“对，但很难说，谁也不敢保证自己不会在有了伴侣之后，遇见soulmate。这种遇见，其实是幸运的。年轻时恋爱，恨不得抱着对方死去的人，后来渐渐变成了一个对着背影动情的人。但是，如果彻悟了，再好的恋情终是相遇和告别，也许可以不说再见。”

“那怎么办？”

“忍。忍到两个人能够抚平波澜，并从此决定做一生的挚友为止。”

“是的，朋友不会要求太高，情人终会形同陌路。”

碰杯！

窗台

今天看见餐厅的窗户摆着这样的花，觉得不得劲。
午饭后溜达着去剪了些回来。

粉杜鹃

开车下山的时候，遇到了粉杜鹃。

因为之前只见过红的，所以，我停下来了。

它们浓密地覆盖了整个山崖，然而，并没有上山的路。

我一再踮起脚尖，并且蹦跳不已，终于得到了几枝。

回来以后，一个业余的插花者，遇到了困难。它们，粗拙的花枝，叶片厚实，并且大多数都是花骨朵，很难驾驭——再加上有些浮躁，我无心再摆弄了，就把它们随便一束，插到一个装了水的瓶子里，放在咖啡厅的角落，转身走了。

之后的好几天，我完全忘记了它们的存在。

有一天，我从咖啡厅经过，在两道门之间通行的时候，总觉得有什么不对劲，目光不能不被角落里奇异的色彩吸引过去。

它们开了。

那些曾经灰头土脸的花骨朵，全部张开，变成了俊俏的花朵，花瓣的边缘，染着浅浅的颜色，那个透明的瓶子，和它很搭。

被人抛弃之后，它们自己完成了“插花”！

这让我惊喜不已，赶快把它们抱出去晒晒太阳。

望松堂

望松堂是吃饭的地方，一栋晚清的老屋改建的。取这个名字，是因为站在天井里，抬起头，能在天空的一角看见古松。

我看过一张这栋老房子过去的照片。在很久很久以前，这里有好几户人家共同住在里面，有老人、有小孩，过节的时候，大家聚在天井的池子旁，杀鸡宰鸭、洗菜、淘米……一派融洽的气象。

后来这些人陆续搬走了，这栋房子被锁上很久之后，被小林打开。

所有的改造都是保护性的，把木梯、木窗、雕刻精美的“牛腿”都保留下来。阳光从天井洒下来，照亮浮尘，一块从古村收来的牌匾，挂在堂屋。人上楼的时候，会把梯子踩得吱嘎响。洗手间贴了最素净的瓷砖，客人出来洗手的时候，会用到热水。

如今这里，屋前栽花，活水养鱼。天井下的池子每天承接雨水，盈盈饱涨，仿佛再要多一滴雨水，就要满溢了。其实不会，因为小林把它改造成了循环池，一丛呆头呆脑的铜钱草养在一角，还有两条红色的鱼，在池子里游。

人住老房子，最适意的时候，是看雨滴天井，以及在晴天静坐，体会飞尘的氛围。在二楼，推窗，青瓦的旁边站着，心最清净。只是偶尔会掉落一滴鸟粪，在出现了青苔的瓦片上。小林时常在二楼的半帘斑竹下午睡，老屋一梦，心清如水。

傍晚，他会穿上围裙，戴上工作帽，亲自下厨。他最拿手的菜，是红烧小溪鱼和炒粿条。厨房里的食材是不定的，全看那一周有几次机会下山买菜，以及当天菜市场卖什么。不过似乎没有客人因为吃不到想吃的而苦恼，田野里揪回来的一把小青菜，加两个蒜头炒了，照样吃得津津有味。如果实在馋肉，大不了到附近的村民家买一只鸡来，土灶来炖，香气飘满整个老屋，谁闻见都受不了。

一天中午，我吃过午饭，发现水池里那两条鱼有些精神不佳，东倒西歪，像喝醉了一样。我说："哎，小林，你快来看。"

“噢，可能是水池改造过后，水泥的味道还没有退尽，我一会儿把水再换一下。”小林观察了之后说。

晚上，来了两个客人，小林烧了好几个菜，建议大家坐到一起吃。

菜很丰富，红烧鱼、萝卜烧牛腩、炒粿条、小青菜……大家对小林的手艺赞不绝口，尤其是红烧鱼，非常入味，它正好又摆在我的面前，我一直在吃它。

在这顿饭快要吃完的时候，我突然停住了筷子。

锅仔里，鱼尾巴是红色的。

“你把那俩鱼烧了？”我吃惊地大喊。

“是啊！”小林笑眯眯地说。

豌豆尖

院子的篱笆左右，种了一圈儿豌豆。每天我往那里路过，总是忍不住往那边瞅，因为，那些豌豆尖，发出来了。

豌豆尖，就是豌豆苗发出来之后，最顶端的嫩芽。四川人把它叫作“豌豆颠儿”，听起来，还要更加鲜嫩。

因为雨水很多，所以它们冒得很快，青翠欲滴的嫩芽让人垂涎三尺。嫩叶之间，冒出小巧可爱的白色花朵。再长一长，就成了露出小脑袋的豆荚。我家乡人很爱把最嫩最嫩的部分掐下来，清炒，或者在骨头汤里打个滚，沉浮两下就捞起来，那个鲜甜的味道，真是妙不可言。

和小林争论过这个东西可不可以吃。他十分坚定这个东西不能吃，并且认为，我说的那种豌豆苗，不是眼前这个品种。

我说：“反正我掐点儿，你晚上给我清炒一小碟，就算毒死了，也不要你负责。”

馋起来的人，可真是什么狠话都敢说啊！

下雨喝酒的时候，我们聊了很多

“你这个鸡笼灯怎么做的？”

“把鸡笼捡回来，把白纸糊上去，把电灯塞进去。”

“完了？”

“啊。”

“那你那个梳妆镜呢？”

“把镜子捡回来，把麻绳缠上去，然后挂起来。”

“咖啡厅正面的那一面石头墙是怎么做的？”

“把石头捡回来……”

“然后再一个个镶到墙上去？”

“没那么简单，要一个一个挑选呢。”

午醉

中午。

想喝就喝点儿呗。

喝醉了就去睡呗。

雅集

小林问我："县里搞雅集，你去参加吗？"

我问："什么叫雅集？"

他说："我也说不清楚，你去看看就知道了。"

其实，就是一次茶坊、茶室的聚会。各家摆桌，拿出最好的茶叶、茶点，请君品尝。舞台上，有民乐演奏助兴，乐手个个出类拔萃，只是演奏完《春江花月夜》，又来了首《菊花台》，不免让人觉得有些遗憾。

我们找了一桌坐下来，邻桌的茶艺师已经开始了，净手，轻柔、从容优雅地沏茶……我们的茶艺师却不同，首先，从桌下拎了个粉色的塑料壳大水瓶！当我们都为这个土到家的大水瓶感叹的时候，她说："这是我早上去打的山泉水。"一桌的人马上又馋了起来。

我因为午后不敢喝茶，对那些水果茶点也不想吃。就起身四处转悠，去看各家桌上的插花。

一桌，插了几枝梨花在陶瓶里，浓花枝，疏花枝，浓疏相间。

一桌，瓦片上生出云竹，如梦似幻。

一张桌上的茶花，开得正欢，斜躺在一个粗陶的茶壶里，很是讲究。

还有一桌摆了个草筐，装上一拢兰花，看似随意，其实精致。

正在我一边愉快地踱步，一边想给它们排个一二三的时候，目光突然被角落里一桌的插花吸引了！竟然是似乎有些上不得厅堂的油菜花！敦敦实实的一罐子，满满在桌上炸开了，金黄金黄的，让人觉得很憨实。它在满屋子的作品里独树一帜，十分任性，我喜欢。第一给它了！

这时耳朵里传来了小提琴的声音。

一个小提琴手，一边拉，一边穿过人群，走到舞台上去。

他拉得真是非常好，令我十分感动。我像着了迷一样，半痴半醉地，也跟着他往前走，他上了舞台，我就站在舞台旁边，在闹哄哄的人群中，听完了他的演奏。

唉，拉这么好，他为什么要留个光头呢？

墓碑

我住的房子后面，有几座坟墓，就在路边。

刚到的那段时间，我会感到害怕。晚上孤灯夜雨之时，一个人不敢从那条路上经过。小时候老人们讲的故事，会浮上心头。

有一个晴天，飞鸟翱翔，浮云荏苒，我走到了坟墓跟前，在那里伫立良久，将墓碑上的文字一一看过。他们有名，有姓，有的还有照片。

都是曾来过这世上的人。有过欢乐童年，醉泣悲歌，有爱过疼过的人，即便离去，也有人立碑，有人惦念。

如今，他们只是身归自然了。

从那天以后，我就不再害怕了。

下雨喝酒的时候，我们聊了很多

“书寄来了。很喜欢，谢谢！”

“喜欢就好。以后还给你寄。”

下午就翻了翻，一翻开就看到一句：
“情最难久，故多情人必至寡情，性自有常，故任性人终不失性。”

《小窗幽记》。我也记得这句，有一种被古人揭穿的感觉……如此看来，做多情人，不如做任性人。

或者是性情中人？

也对！性情中人，多情又任性。

我最喜欢的一个性情中人是李白。“桃花潭水深千尺，不及汪伦送我情。”“仰天大笑出门去，我辈岂是蓬蒿人。”还有老头黄永玉。他第一次见他老婆，很紧张，憋了半天，说了一句：“我有一百斤粮票，你要吗？”

哈哈。很可爱。

很多人以为，能喝，动作夸张，脏话是口头禅，就是性情，那是大大的错了。性情中人，都是在某一方面很有天分，坦荡率真，并且不拘小节，还很看得开的人。有个作家，叫野夫，文章写得很好，他以前做书商，有一天突然厌倦了要账收账的日子，就把一百多万的欠条撕掉，不做了。去了大理。

这是真性情。

山栖，日晒

只要天晴，我就忍不住去露台上晒太阳。一把椅子，一杯水，一本书做伴，阳光就像镇静剂，我只要坐下来，就想一直坐下去。

春天的阳光，是温柔款的，还带点儿安详，养心，晒晒很好。活得太潮湿不安逸，把身体里还剩的那点儿黏糊糊的心头恨、胸中愁，都晒脆了，晒碎了，消散了。然后心里什么都不装地看竹林，看山丘，看天上的云把太阳挡住时，半晦半明的山谷。

春风过耳，鸟语数声。

小林在屋后浇花种树，他不会来打扰我。

一个人，真的太好了，没有任何往来之烦。社交生活所需要的心机，我是懒得再去琢磨了，也不想再去等，等工作再好一点儿，等孩子长大，就享福了。不，我要此刻就享福。

晒，就是在享福啊，而且，滋味更长。身上和心里全是笃实的快乐。

也曾劳碌急切，花了太多时间去体察他人：老师、客户、领导、恋人。后来全是累。现在，有那个工夫，还不如来体察阳光。

人不管正在经历着什么，都不会影响四季的轮转。

我们正在日子之中，很多很多的日子。

阳光，是这些日子里，最好的东西。我们要用身心去接近，去体会。

草帽

小林要去县城，他问我有没有需要带的东西。

我说，你帮我带顶帽子吧！我晒太阳的时候戴。

过了两个小时，小林给我发来了一张照片，是在市集里拍的。

“要哪顶？”短信问。

小摊上，有几种不同的帽子。

那些花花绿绿的太阳帽我一顶都看不上。

有一顶竹编的斗笠和一顶写着“牡丹”二字的草帽，看着还不错。

在它们两个之间犹豫了半天，我终于决定了，要那顶“牡丹”，但还没来得及把这两个字敲给小林，他发来五个字：

“手机没电了。”

随即，发去的信息，再也没了回复。

那算了，我想，他带什么回来，我就戴什么好了。

傍晚，他给我带回了那顶“牡丹”草帽。

八块钱。

可真是太及时了！漫长的雨季过后，天天天晴，我每天晒，越晒越黑，脖子上下已经是两种颜色了。

现在，我可以彻彻底底躺倒在阳光下，将八块钱的草帽盖在眼睛上睡觉，再也不用担心什么了。

迷路

我在寻找那个入口。

只有从公路找到那个入口，才能回到村子。
但是，我迷路了，为此，已经掉两回头了。

真是难以想象，只有一条路的公路，也会迷失？

上山的路，弯弯曲曲，有的地方，已经破损不堪。在来这里之前，我从来没有在山路上开车的经验，所以眼睛只顾着盯着眼前坑坑洼洼的路面，全神贯注避让对向的来车，还不懂得通过路边的树和山的形状来判断位置。

日落，山隐，无人可问路。

当我意识到可能开过了的时候，这种感觉越来越强烈，就如有时候盯着一个字，越看，越觉得不是它。

看着一条路，也会有同样的感受。我这是到了哪里？不是这里？再加上夜晚就要来临，任何内心有疑问的人，此刻都会变得更加慌张。

我决定在一棵大松树下掉头。

这很危险，因为那儿很高，路面并不富余，一不小心就会滚下山去。

但我也应该果断一点儿，那是唯一可以掉头的地方。

掉完头之后，往回开。为了缓解紧张的心情，我把车窗全部摇下来，放着音乐，让风吹进来。

我继续寻找那个入口，开着开着，又觉得不对。明明这里刚才已经来过……那就意味着，刚才并没有走过。这么一想，自己都笑了。

我又找了个地方，在一户茶农家门口掉头，小心翼翼，不要压到人家的鸡……

一个在山里迷失的人，本来一心只想赶快回到属于自己的路。

却没想到，突然看到了晚霞漫天。

天空绮丽，横着一大块红云。山的轮廓被晕染了，温柔感人。

我竟然又停下来了，坐在一棵松树下，就那么坚定地，把红云坐沉下去，一轮明月升起来。

下雨喝酒的时候，我们聊了很多

“今天工作怎么样？”

“不是很好。一出太阳，我就没法专心，老想跑出去晒。

“其实很早就起来了，出去散步，然后回来打开电脑，没写几个字，觉得应该去泡杯茶。茶泡好之后，开始写，写着写着，觉得早晨的阳光这么温和，不去晒可惜了。然后把电脑搬到了露台上去，接着写，没多一会儿，觉得应该有点儿音乐，又打开精选集，听到一首很多年前喜欢的歌，回忆泛滥……于是一个上午过去了，写了不到五百字……”

“很任性。”

“其实我讨厌这样。率性并不能带来自由。不如你，总是在不停地做事。我最佩服你的就是，这件事情刚完成，拔腿就开始做下一件，中间不带歇息喘气的。”

“就是停下来休息的时候，舒服了，才容易懒啊！”

“不累吗？”

“累，所以晚上倒下秒睡。”

“秒睡是一种幸福啊！惭愧！我还写书教别人怎么治拖延症呢，其实自己也这样。”

“拖延，还不是因为你要做的事情，不是你当下最喜欢的。你要是喜欢，肯定会主动、专心，忙得忘记了时间……”

“那是当然了，但是外面风好花好，傻子才喜欢工作。”

“那你就让它变成一件可期待的事情吧！想想写完了，那种卸下包袱的心情。”

“哇，想想都很开心。写完了，我天天采花去！

“总之吧，明天谁要再晒太阳，谁就是孙子！”

松庄

小林说："带你去邻村看一座圆拱的古桥。"

那个地方叫松庄，竹林却比松树多。十里青山，竹叶起起伏伏，簌簌作响。山下有溪流经过。溪上有许多大石头，人可以在上面行进跳跃，横穿过去。水被这些石头拦住，碎裂开，飞溅，碎落，冒出很多的泡泡，让人很想把鞋子脱了，用脚去搅动一下它们。但是现在的水是山上的雪化了流下来的，冰凉刺骨，我只能克制。

那座拱桥就在那里，石头建的，很有古老的气息。

我和小林在桥上席地而坐，桥下的溪水清澈见底，有两只鸭子怡然浮游，梳理羽毛。

我说："你听听，这声音。"

“真是洗心涤虑。”

那是大雨之后的晴天，阳光温暖软和。

我们坐在那里，听风听水听够了，才起身，拍拍裤子，走进村子里看看。

村子有些破败，几只野狗满山走。有一只跟着我们，嘴里发出威胁的吼声，小林让我走前面。

村里有很多老房子已经年久失修，塌了。那些残垣断壁，小林看了十分痛惜。

走到村头，一户人家的天台出现在眼前，那里竹林环抱，春草霏霏，明媚如织。可惜，又是一户搬离了的人家。

我说，想不通，这么美的地方，怎么会有人愿意离开。小林说，这没办法，谁也不能怪，人有选择，离开自己厌了的地方。

溪水边有一间石壁的老屋，看上去也是没有住人了。一枝蔷薇在石墙脚下摇摇晃晃。石墙上，爬着一大片因为无人打理、野蛮生长的穿心莲。我伸出手，摘了几个茎叶之间的小球球，递给小林说：“你采点儿这个回去，种下，它将来会爬满你的墙壁。不仅可以装点小院，叶子还可以吃。”

小林摘了一把，揣进衣兜里。

然后我们又顺着台阶走下去，来到溪边。云静风恬，我忍不住掏出相机，想创作几张。无奈，拍进镜头的，总没有眼睛看到的好看，算了。我们又在那里坐了一会儿，沉默的时候居多，看着溪水中缓缓漂去的竹叶和不知不觉游到下方的鸭子。我说，下次再来，带块垫子，在溪边午睡。

在回去的路上，再次穿过村子，我们终于遇见了一位村民。一个老大爷，坐在屋檐下晒太阳，静静坐在那里，他对面的泥墙，有宣传的标语，年月久了，风吹日晒，大多已经斑驳了，只剩下“幸福”二字最清晰。

小林上去和大爷说话，大爷却只是看着他，不作声。

“他耳朵听不见了！”一个女人的声音爽朗地响起。

一个穿着红色毛衣的村妇走过来和我们聊天。她说，这位大爷的后辈都到城里去了，他一个人住在这里，每天坐在屋檐下，从日出坐到日落，他已经七十九岁了。

小林问，村里的人呢？我们走了一圈，只见到你们。

“村里的人越来越少了，我上午去挖竹笋去了。”村妇指了指山上。

“山上竹笋多吗？”

“多啊！漫山遍野的。昨天刚下完雨，我挖了一麻袋回来……你们想买一点儿回去吗？”

“好啊！”我和小林异口同声。

村妇邀请我们去了她家。

她砍回来的毛笋，个头均匀，散发清香。我们一口气买了四个。

她的家，泥墙、木楼、土灶。天井里种着茶花和兰草，墙上贴着村妇年轻时得过的工作奖状，贴了满满的一面墙。这些奖状告诉我们，这个地方曾经也人畜兴旺，人们干劲十足，热火朝天。小林注意到有根房梁有灼烧过的痕迹，村妇说，1962 年，小孩玩火，半个村子被烧掉。大多数房子都是后来重建的。

“谁能想到呢？重建了几十年后，又都搬走了。”她说。

过云午后

听人家说，山上还有一家民宿，能看见云海。一天雨过初晴，我就开车去了。

其实也不远，从我们这座山一路蜿蜒下去，在山脚下走一段儿，再开始爬另一座山，爬到更高的地方，就到了。

这个村子比西田大多了，老树、小巷、犬吠、鸡鸣。每户人家门口都会挂一根竹竿，洗过的衣服，就晾晒在上面。

几番曲折寻找之后，我在一个小巷的尽头敲开了民宿家的门，说我并没有订房，只是慕名而来，想来喝个下午茶。

门开了，穿过民宿厚厚的铁门和一间小屋，进入榻榻米的茶室，窗明几净，在巨大的落地窗外面，天地一片宽阔。

茶室喝茶能躲避日晒，但我还是把喝茶的地方换到了阳台。

店家给了我一碗当季绿茶，一碟水果，一块手工抹上奶油的巧克力蛋糕，搭配春光满眼。

阳台很高，与群山盈盈相隔。

虽然没有看到预期的云海，但是，风声动人情怀。我可以坐得很舒展地，看光阴往来。

就在极为享受的时刻，哗，来了一帮人！中年男女，大呼小叫，用美女称呼我，想要一起分享这个平台。

可以的，我把桌子让给他们，把椅子挪到天台的一角、栏杆旁边，然后戴上耳机，内心设置玻璃门，各处一边。我继续享受我的阳光清风……

万万没想到啊，一个大姐，看风景时踱到了我的身边，在深深呼吸了几口新鲜空气之后，她，趴在栏杆上，“咳！噗！”对着朗润山林恣肆了一下。我虽然闭着眼睛，但是，已经感受到了清风给我的脸上送来的几粒清凉，心里出现了一万个不雅词汇。这美好的一天，算是被她毁了。

心很累，我决定离开。

就在我回到桌前收拾茶具的时候，意想不到的情况又发生了。遮阳伞上直直掉下来一只又大又黑的蚂蚁，它落在了我的胸口里！我低头一看，可怜的大蚂蚁显然从未去过那样的地方，顿时慌张失措，乱蹬乱咬。我也惊了，忙不迭左手扯开领口，右手伸进去抓它……

一阳台的人，终于都安静了……

决定去山上走走，来忘记刚才的窘迫。

民宿背后，有一条石径幽幽深深地通向远方。

山上，是另外一番景象：竹林簌簌，野花摇动，小鸟弄舌，老树开花。响动山涧的，全是野趣之声。竹林深处，一定还藏有一片茶园，能听见人谈天笑语，知道是采茶女工，但就是见不到人。

有一段路，可能被山溪冲断了，有人在断裂的地方搭了几根树干，然后铺上去一层竹篾，又成了路，踩上去，相当没有安全感。

走过了那段路，我停下来看了一会儿野蜂采蜜，又继续往前走。

林木最幽深的地方长满了红杜鹃，正是开得旺盛的时候，林花翻洒，妙不可言。前几天我专程起早，开车，爬上危险的山崖去采它；今天，却看见它就在触手可及的地方。

我没有采，只是路过了。

日暮时分，我走累了，就在最高的地方拢草而坐，正好有几缕夕阳穿过树林，洒在我的周围。远处的山，全部笼罩在金黄色的光线里。那会儿我就想多坐一会儿。

等我开始起身返回，已经感知了整个日夜交替。

回到民宿，已是月照长空。

茶室里竟然食客满堂。

我也有些饿了，就决定在这里吃了晚饭再下山。

民宿是没有菜单的，我只需要告诉他们，我要吃饭，然后，就可以安心静坐，等候食物了。

厨师给了我三个菜：

一个小虾炒玉米粒，一个炒青菜，还有一碗蛋花汤。每一样都用小而精致的碗盘装着，看着丰盛，又不至于吃撑。

吃完了饭，应该回去了吧？

没有的。

阳台上没有人，我又去那里吹了吹风。

月亮在山坡上。

清光浸润之下，菜地和树影清晰可辨。

远处的山脚，就是密布的灯光，闪烁的红尘。它们特别远。

大山是黑的，但能看见细如蚂蚁的亮光，在山腰上一点点闪烁，突然消失不见，又突然在不远的地方闪现，那是车在林间的路上移动。

我想起一个人，十八年前，那个在山村的自己，也在这样如水的月光下，茫然寂寞，站在大江的这边，看着对岸的车灯，一心想要离开，想去远方。

如今，我就在远方，却在这山村徜徉，迟迟不肯下山……

十八年怎么这么快呢？

这么想着，终于没能忍住，坐在月光下哭了一场。

哭完了回到茶室和店家告别。店家说："我煮了甜汤，你喝一碗吧？"我红着眼睛点了点头，喝完了这碗甜汤，才下山去了。

下雨喝酒的时候，我们聊了很多

这个晚上，我们聊到初老的感受。

就像一个口袋破了个洞自己却毫无所知，重要的东西都悄悄地流失了。

再不会有一个少年，背对着阳光向我走来，说可不可以做个朋友了。

那天一个人在阁楼写字，写白居易的《琵琶行》，写到“夜深忽梦少年事”，突然停下来发呆，悲伤得不得了。

女博士

隔壁小屋住进来一位女博士和她的画家男友。

女博士不是传统印象中的女博士，在法国留学多年，长发有微微的自然卷，脖子上有细细的锁骨链，举手投足素净从容。

一个早晨，天懒云沉。画家创作去了，女博士跑来找我，建议一起出去走走。

我欣然应约，说："带你去一条我走过的路，没有车，也没有人，有很多野花。"

谁知道，在一个三岔口，我们却拐错了。

越走越不像。

"我们是回头，还是继续？"我问。

"看你咯！"

"那，将错就错，一直向前吧！"

然后，我们一路闲行，歪打误撞，走到了一座茶山。山丘因为种满茶树而显得圆润亲切。视野突然一片清旷，大雨初霁，空山如洗。整个县城都在眼底，右边弯弯曲曲下山的公路，也看得清楚。

我们走下了茶树之间的小路，脚底生风，总是不由自主地想对着远方深深呼吸，吐出胸中之气。

就这么流连在茶山聊天，忘记了时间。

我说："真的非常感谢你，若不是你约我出来，若不是走错了路，我们怎么会知道，这里有这么好一个地方呢？"

女博士住在这里的时候，每天都会送一个橘子给我吃。我经常把它揣到山上去吃，一瓣，一瓣，扔进嘴里，心里快乐得很。

所以她要走的那一天，我也邀请她和男友到我的房间，把剩下的最后一包榴梿饼切了请他们。他们坐在沙发和椅子上，我背靠着窗台。我们聊了一个多小时。一直聊到他们不得不离开。

我送他们上车的时候，女博士说："来北京找我啊，到我家里来住。"

我说好。

PART 5

沉 醉 古 村

笋子

空山中听雨，是一大快意的事。

因为心里会想：明天，又有拱出的笋子可以吃了。

雨后竹笋一根接一根地冒出来。甚至不需要走到山林深处去，有些在马路边，就破土而出了。它们破土的样子非常妙，周围潮湿的泥土变得松松垮垮，那种原生的能量让人称奇。破土的那一瞬间，它一定很爽。

它们就这么拔地而起，天天都长，一个劲地往上顶。如果你今天看到了，想吃它，当天就要去挖，不要等，可能等到了明天你再去看它，它已经冒上去很高，老了。

挖的时候，专拣那种只冒出了个小头的挖，刨开泥土，你会发现，下面还有好大一截呢。这样的笋子，样子肥硕，口感极其脆嫩。砍回来，直接剥开，取最嫩的部分，炒着吃最爽。或者炖咸肉，煮出来的汤，洁白醇厚，鲜美无比。如果实在吃不完，就切成薄片，摊开了，晒成笋干。

小林更喜欢把吃不完的笋子切丁，油炸，用辣椒和酱油煸一煸，放入罐子，越放越入味，变成油笋，一小碟的可口小菜，早餐时，拿来下白粥，简直是美味极品。

对于毛笋，村里人似乎一点儿都不稀罕。

没有菜吃了，才提起锄头，走到竹林里去砍一根回来。

云海

云来的时候，是没有声音的。

破晓时分，我躺在微明的房间里，看着有一小道光的窗帘边缘，外面一片安静，我却突然产生一种感觉：今天，有些什么不一样？就起来，打开窗子和房门。云，就在眼前。

昨夜肯定大雨滂沱，所以大山吐出绵延不绝的白雾。今天的风又很不一样，云流动得很快，很快汇聚成河，飘横在山谷里，初生阳光从山顶洒下来，照亮了青苔和海棠花，云河也被照亮了，变成金色和粉色，发着光。

我听凭风的指引，往山上走，在一个很高的地方停留，俯瞰。乍雨乍晴之后，横落的村子浮光倒影，雨过风生，花气醉人。我无言地坐在一块

大石头上，心里想，那天走错岔路，去过的茶山，此刻应该更美吧?

很多人如果此时穿着容易被露水打湿的布鞋，可能就会犹豫，选择克制自己，但在这件事上，我是做不到的。念头一起，我就站起身来，往那条路走去。

路，在这座山的另一边，那里，却并不是我所期望的那样。

雾，全是浓雾。视野只有几米远，路边的梨花，也被笼罩在暗沉的雾气里。昨天的雨可不小，打落了不少梨花，走了一段之后，我的鞋子上已经沾了不少破碎的花瓣。

也不知道为什么会如此坚定地继续往前，明明什么也看不清。浓雾越来越重，时不时还有细小的山雨飞来。我步履不停，脚趾头已经开始感受到了凉意，布鞋果然不太经事。

终于，我看到了茶山顶上那棵枇杷树。浓雾中，它只有一丛影子。湿漉漉的茶山并不是空无一人，采茶工已经在工作了，她们穿着雨衣，身影专注。

我也在路边坐了下来。鞋子已经湿透了，我索性把鞋脱掉，把自己的脚趾头，埋进草叶里。凝视包裹我的雾气，我想：这就是云啊，我就在云的里面。就这么坐着，一面感受强劲的寒意，一边耐心地等待，盼望一种从未看过的境界。

我坚信它会发生。

终于，我身边的浓雾开始一点点消却，变淡。

我能看见的采茶工，也从身边的一两位到了山坡上的十几位。

云，在一点点从我的头顶、我的身上，从整个山上，退下去。这个过程十分缓慢，大概用了一个小时的时间。

那个从未见过的境界，终于出现了。

我彻底被阳光照着，眼前一片光明。

弥漫的云气，退下去之后，聚拢，消散，浩然跌宕，那气势，简直就像要把人卷携而去。阳光还在染着它，层层积累中，大放异彩，瑰丽的光芒让人目瞪口呆。

然后，它们又瞬间变了样子，呼啸着砌成一道城墙，给路过的飞鸟做背景。

就在我看呆的时候，城墙垮了下去，轰然向下坍塌，垮成云的海洋，气夺山川。顿时万里澄空，千峰开霁。

面对如此庞大的画境，采茶工恍若不见，全都低头无声地忙碌，只有我一个人，呆呆地站在那里，无人可以分享。

十点多，我才从山上下来。

回到村子的时候，风还在吹个不休，五彩的云河已经漂流消散，天地一片明净。

隔壁住的客人，才刚刚起床。

对于今天早晨，这里发生的一切，他们一无所知。

麻雀

有一天，我们路过油菜花田，小林对我说，这里面有很多麻雀。

我看过去，其实也并不是太多。

又有一天，我自己从那里经过，想起小林说的那个话，就停下来了。

我弯下腰，捡起一块石头，扔了过去。

刹那间，数不清的麻雀惊起来，扑腾着翅膀，密密匝匝，挨挨挤挤，让人顿时起一身鸡皮疙瘩。

这些麻雀，一年四季都在这里。春天吃菜籽，夏天食虫子，秋天啄稻谷，冬天还真不知道它们是怎么扛过来的……这种鸟之所以能全世界繁衍，且数量那么多，是因为它非常普通，极容易被人看到，又极容易被人忘掉。因为不太容易被关注，自然，也就少了很多敌人。

它们喜欢油菜花，这我特别能理解，谁不希望一边躲在绿叶的庇护下，一边安全惬意地品尝点儿富有油脂的食物呢？就算有风吹来，油菜花偏来倒去，也不会暴露它们，因为这片花田，实在是太大了。

在我的居住快接近尾声的时候，大丁和女儿也来了。

“你们看，这块地里好多麻雀！”我说。

大丁对女儿说：“爸爸今天给你抓一只！”

噢，是哦！我怎么忘了，还有一件很有趣的事情可以干呢？

于是我兴高采烈地去找来了一个圆圆的簸箕，一团白色的棉线，一根粗壮的棍子，和一小袋饱满的米粒。

虽然下着小雨，但我们已经有些迫不及待了，马上就在院子里布阵，将米粒撒在地上，棍子拴上棉线后，把簸箕支撑起来，然后，把棉线一点点顺到房门背后。三岁的女儿不停地在我们身边绕来绕去“帮忙”，她非常兴奋，并且充满期待。大丁告诉她：“当年，你爷爷带着我，可没少抓！”然后，我们就躲到门背后去了，屏住呼吸等待麻雀上当。

“爸爸！”

“嘘……”

游戏的结局很令人失望。

山里的麻雀，可聪明了！

那些米粒，最后全被大公鸡吃掉了。

苔痕上阶绿

在附近的古村转悠，云山千叠。古屋松竹之间，青苔与斑驳的阳光交错。这一大片超乎尘外的绿毯，让人心动不已，恨不得全都挖回去。

苔藓是一种最为卑微的植物，最容易被人忽视，又最容易引人注目。

在它被人忽视的时候，就算有人指着它说："你看它！"可能也会得到答复："啊？啥？！"

但它要是遇见了热爱植物的人，会被细细品味，让人心情安宁。那生生不息的样子，哪怕是被踩在脚下，也会让人深受震撼！

看遇见的是谁了。

"它并不是人们理解的，必须与潮湿与黑暗为伴的。"小林说他种植了苔藓，才真正了解了它。

他去溪边挖了很多回来，然后，在围墙上细心植入，给它浇水，让它淋雨。它不断地生长，刚开始似有似无，很快就在泥土之上覆盖一层，圆缓的弧度，起起伏伏，折射着浑然天成细微的绿光。

那段矮矮的围墙就在我的屋子周围，每天出门的时候，我总会被那盎然的绿意所吸引，忍不住伸出手，用指腹触摸它们毛茸茸的身体。

那种感受很特别，天然，随意，切实。

看似卑微的东西，其实并不简单。每一天的光线，明暗度都是不一样的。所以，它也每天都不一样。

小林说种苔藓这件事会让人上瘾。整个过程让人简直灵感四溢。他不只把它们种在围墙上，还种在一根枯木，或者小花钵里。种好了，再捡两颗小石子，挖一棵兰草来搭配，小小的景观，意趣万千。做这些事，心里很平和。一边喜欢安静的自己，一边感受最细小的生命。

可是，有一段时间，他非常忙，忙到忘记了角落里的花钵。等想起的时候，它已经水汽蒸发，草叶枯萎，用手捏动，干得嘭嘭响了。

抱着尝试的心态，小林又给它浇上了水。

没过多久，花钵重焕生机，绿莹莹、毛茸茸的苔藓又长出来，又活过来了。

土茶

泡土茶喝。

它不像昂贵的名茶，每一片叶子似乎都在规格之内。土茶的叶子，张牙舞爪，没个定型。

我在山上见过土茶树，如果没有人告诉我，我不会知道它是一棵茶树！它自然生长在路边，啜饮雨水和露水，风吹日晒，没有人给它修剪枝叶，打药杀虫，它就那么随性地长着。每一年春天，都有熟悉它在那儿的人去采它。采回来，手工制成茶叶，装进大可乐瓶子里，用塑料膜封瓶口，拧紧，把足够一年的真味留给自己。

我倒了几根出来在玻璃杯里，热水冲泡之后，叶片开始舒展，尽显洒脱之态。

几片叶子浮于杯中，汤色清亮，口感清素。

土茶喝得人气柔心定，闲的感觉马上就来了。

我始终认为，人应该力所能及地，让自己更闲一点儿。拿点儿时间，晒晒太阳，看看云，看看花和树，喝点儿茶。心就如杂草，稍不注意，就一团糟，也需要有时间把难放下的东西放下，空下来，给心施肥和栽培，不能让那种荒芜，无限制地蔓延开去。

小时候受到的教育，是争取出人头地，让人看得起，让人羡慕。似乎享受是罪恶的，是浪费时间。多数人如此，不懂，不敢，不想，不会享受。

寄心翠竹，取乐野花。

清清闲闲，坐卧随心。

这样的快乐，哪点比不上升职发财？

人要存一点儿“野心”。

天真旷然地向往山野之心。

不论身在何处，心有深山花谷，闭门即是乐土。

下雨喝酒的时候，我们聊了很多

说到婚姻。

“结婚久了，两个人一起靠在沙发上看电影，我内心突然起了一个念头，想像热恋的时候那样，把他扑倒在沙发上，手搂着他的脖子，整个人环绕在他身上。正想着，他先躺下了，伸出小腿，搭在我肚皮上，叫我帮他抓抓。”

小林笑。

“来这里的头一天晚上，我给他买了很多的干粮和水果放家里，然后削了一个梨子，划开两半，随手就递一半给他。他说：‘你吃吧，我不和你分梨。’

“我吃着梨子，鼻子有点儿酸。”

“婚姻就是，余生可能会时常处于上一种尴尬之中，却又会在下面这些小事上，感受到爱。”

碰杯。

紫草小学

紫草

又是一个没有人到访的日子，小林准备带我去一个山上的古村。

恰好是阴天，早晨的空气湿润新鲜。我把车开到栅栏门口等他。过了一会儿，他一手端一杯黑咖啡，右手小指头勾一个塑料袋出来了。

塑料袋里，是两个包子和两个鸡蛋。

他坐进来，问："像不像小时候去春游？"

因为咖啡杯没有盖子，所以，我开得很慢，怕漾出来。

车缓缓在山路上蜿蜒爬升。这龟速终于让小林忍无可忍了："还是换我来开吧！照你这个速度，我们中午肯定赶不回来吃饭了。"

换了老司机就是不一样，灌进车里的风猛烈了许多。在潮湿的山路上转了不知道多少个弯之后，我们来到一个薄雾中的三岔路口，有一个路牌立在那里。

向左，紫草。向右，呈回。

紫草，呈回，这两个名字，真好听。

一棵开得正浓的桃花在紫草村口，可能昨晚风雨大，花瓣撒落了一地。

车轮碾过花瓣，开进村子。

这个时候，我们想做的第一件事，就是停下来，找个风景好的地方吃包子。

但是很不如意，我们停了车，刚提着塑料袋下来，就风雨大作起来。风急雨冷，我俩赶紧跑了几步，躲到了一棵巨大的红豆杉树下。

红豆杉，树冠阔大，古朴浓绿，树干极其粗壮，叶子极其细小。

小林说，这种树要海拔高一些才生长，长速极度缓慢，所以十分珍稀。

此时，树冠为我们遮挡了大雨，但仍有细小的水滴飘落在身上，气温骤降，水汽迷漫，我和小林只顾着哆嗦，哪里还有心思吃包子。

“哎！喂！”

听见有人在喊我们。

不远处，一个大哥在对我们招手。

我们看向他的时候，他大声说：“到我家来避避雨吧！”

我跟小林二话不说就冲进了雨里，径直跑进了一道木门。

大哥家里光线昏暗，天井的雨水汇聚成了四条水帘，不停地往下落。堂屋的地上，堆着好多硕大的红薯，旁边一个小凳，一把砍刀。这位大哥刚才就是坐在这里砍红薯，穿过水帘和大门望出去，正好看见在树下躲雨的我们。

他邀请我们到厨房去喝茶。

厨房里，泥墙，土灶，墙角堆满劈好的柴火和农用工具，墙上挂着锋利的砍刀。

一个四方桌靠墙放着，上方挂着一个相框，相框里贴着密密的照片。

大哥拉过一把竹梯，爬上阁楼，拿了一个大可乐瓶子下来，可乐瓶子里装着满满的茶叶。

“这是我在山上采的土茶，野生的，没有农药。”大哥说。

他拿出三个玻璃杯，倒入茶叶和沸水，白气升腾在湿寒的老屋，紧裹的茶叶慢慢舒展开来。

一口茶汤，就让人踏实起来。

我们听着雨声，喝着热茶，闲话家常。木门敞开着，随时可以看见雨水的情况。

大哥说，他很喜欢土茶的味道，虽然样子不好看。“现在你就是请我喝几千块一斤的茶叶，我也不喝的。”

他还说，这里的人，都种茶。过去种水稻，卖不了钱。茶叶好卖，茶青都能卖到一百多一斤。但是，采茶是很辛苦的事，看着简单，一天下来腰酸腿疼。采茶工，一年就靠这两三个月。

我问，你也去城里工作？

“去过！还去过不少地方呢。可以说，全国都走遍了。不过我不是打工，是养蜂、采蜜。在外面游荡了十年，人到中年，钱没挣着多少，就回来了。

“回来好啊！种点儿茶叶，收入能满足基本的生活需求就可以。每天早睡早起，没有什么过多的需求。没有事了，就喝点儿酒，或者去山上转转，挖点儿兰草回来。我这把年纪，已经不需要热闹了，除了家人和几个酒友，不需要太多的交流。人生没有十全十美的，你不能在城市里想着农村好，在农村想着城市好！我现在一到城里，就呼吸不畅，浑身不舒服。”

我突然看见电饭锅旁边有一个粉色的塑料公鸡，问：“你家有小孩吗？”

“我女儿的。”大哥正说着，他女儿就来了，抱着一个长了几颗牙的小孩。

他女儿非常漂亮，像八十年代的电影明星，纯天然的美。她把孩子递给父亲抱着玩耍，然后在旁边听我们聊天，安静地微笑。

雨终于小了。我们向大哥买了一些茶叶，就起身告辞。

大哥突然说，门口那棵兰花，看见没？这种花不到深山里，是采不到的。喜欢吗？喜欢就送给你们！

我们接受了他的馈赠。一再感谢。

因为雨的缘故，村子空落清凉。

四周是青翠山峦，石涧流泉，鸟鸣清远。小林提着兰草，走得两腋生风，我被一户人家门口摆的旧沙发所吸引，喊住他说："你看，这家人会生活，采茶回来，煮上饭，坐在露天的沙发喝酒，应该是很享受的！"

深入一条浓绿的路径，路边的草丛覆盖脚背，湿气更加稠重，感觉一场大雨随时又会再次光临。路过了一个小院，青瓦，木门，瓦片下是手写的暗红色大字：紫草小学。

小学大门紧闭，锁已经生锈。在石路上爬高几步，就能越过围墙看见里面。厚厚的土墙，三五间教室，已是荒废，野草丛生，教室里光线昏暗，蛛网密布。小林观察了一下房子的结构和细节说，这应该是民国时期就盖好的学校。

我对小林说，可以想象吗？很多年前，山谷深处，书声琅琅，该是多么动人的景象。

小学围墙的脚下，是大簇生长的紫色野花，我们已经看见过好多，它们飘游和散落在这个村子的每一个角落，可能就是紫草这个名字的由来。

顺着幽静小道再往上，是大片的竹林。

浓雾笼罩，深沉寂静。

两条石凳就在竹林旁边，竹影参差，影影绰绰，若不是太湿滑，我们一定会在这里长坐。

雨太冷，我们在一棵古老的红豆杉下止住了脚步。仰头去看，静谧的树冠扩散开，在雾气作用下，把天光变得迷离。

四周一片寂静。我和小林都没有说话，像各自站在各自的梦境里。

等我们下了山，回到车旁的时候，我才发现自己的头发已经全部被雾气染湿了。

寂寂呈回

从紫草的山上下来，外套已经被雾气和雨水打湿了，冷冷地粘在身上，还不如脱下来，仅穿 T 恤。

小林坐回车里，把雨刷器打开，说如果不冷的话，还有点儿时间，去呈回看看。

“你之前去过吗？”

“没有去过，听说很好。”

车子启动，离开紫草，再次碾过满地桃花，回到三岔口。向左，朝呈回的方向开去。

起伏的群山，千重万壑。

山的颜色也变化多端，波浪般起伏，连绵不绝。山和山的分界线，全靠云的作用才能看清。山色像浓墨重彩的水墨画，逐渐晕染，层层铺开。我们的车就在这山里蜿蜒快速地移动。我很有照相的想法，但是因为弯道多，我已经开始晕车，所以完全顾不上了。

确实想不到，在这样的深山里，隐藏着这样一个大村子。全村都是泥木结构的房子，一户一户错落在山上，走到哪里都是长着青苔的石板路，连跑遍了全国古村落的小林都惊喜地说，很难得，这样的看不到一点儿水泥痕迹的古村，已经很少了。

房子很多，却是寂寂之地。街道和小巷空无一人。石墙，木门，古松，竹林，野花绕户，燕子筑窝。一个“大户人家”，门口有拴马石、旗杆石，房子里有天井，字迹斑驳的牌匾，牛腿雕刻精美，如今住的却是几位接活做的泥匠。

小林仰头看了一会儿，确认说，这是明代建的房子。

我问他是从哪里看出来的。

他指着二楼木窗边的墙说：“竹夹板隔断，是明代建筑常用到的，就是用泥土做墙的时候，把竹子夹在中间。这栋房子，规格很高的，主人当年一定非富即贵。你看房子的构造多么严谨，浑然一体，一气呵成，全是木头的支撑，却能保存几百年。还有牛腿上雕刻的狮子、青蛙、燕子，很是精妙。门口的旗杆石虽然丢失了一个，但剩下的那个，也彰显着主人当年身份的不一般。”

正说着，房子真正的主人过来了，他和我们聊天，验证了小林的话。他说，这是他的太公传下来的房子。太公当年在山东做官，职位相当于教育厅厅长，辞官之后，举家搬迁，寻到这里来修房掘井，生养后人，躲过了战乱，与世无争。

“只是现在，村里越来越空，房子也无人修缮了。”他遗憾地说。

这处房子临街的墙上，还有个支出去的小台子，上面有一把长条椅子。小林坐上去，靠在上面说，这叫美人榻。以前的大户人家，女主人梳洗完毕，就靠在这上面，摇着扇子，看这石路上人来人往……

我看着美人榻和空荡荡的巷子，想象曾经的车水马龙。

无奈，寂寞，才是古村的美感。

在外界到处都在挖路建造，越来越喧闹的时候，这里却越来越寂静。

雨又滴滴答答下起来。我们沿着蜿蜒曲折的石板路继续向前，两旁古树参天，野生的鸢尾沾满雨水，长在路边、山坡上，甚至在人家的墙上。

我们遇到了一口古井，井水饱满清澈。一阵风吹来，我们很快被云雾侵吞。一个扛着锄头、戴着斗笠的男人，穿着朴素的布衣，从古井边爬上山坡，他目不斜视，步履缓慢，专注前行，走路的姿态颇有古风，我们目视着他渐渐走远了。

我们又沿着一条长满青苔的小路往下走，探寻幽深的沟壑。一路都是大片的野花，洋洋洒洒飞扑而去。路过悬崖瀑布，危桥，路过一棵倒掉的巨树，我们听见了河水的轰鸣。山下一定有条不小的河，只是此刻迷雾笼罩，看不清，只知在脚下，不知在何方。

要是晴天，这浓雾下的山谷，应该美到极致。

正这么想，一个女人站在家门口和我们打招呼。她穿着厚毛衣，围了一条鲜艳夺目的红丝巾。我们走到她跟前，她说，你们来得不是时候，全是雾，什么也看不清。

“想看看这里没雾是什么样吗？”她问。

“我们当然愿意了。”

“你加我微信，我发给你。”她说。

我拿出手机，添加她，看到她的名字：女王。

呈回“女王”是个热爱生活的人，女儿送了她一部智能手机之后，她每天就在山水间创作，拍了好多春夏秋冬、风花雪月的照片。她还很愿意跟来这里的人交流摄影心得，尤其是那些拿着长枪短炮的人来了，她更是喜欢掏出手机给他们看。看得出来，她对自己拍的照片是很满意且骄傲的。我问她，将来可否放一张你的作品到我的书里。她非常愿意！小林也表示，以后书出来了，我寄给他，他会亲自送来给“女王”。

和“女王”交流完照片之后，我们向她问了近路，开始往回走。

一个上午已经过去。走了大半天，竟然一点儿不觉得疲惫，就是饿了，需要点儿吃的。

“想找一个地方吃饭，会有餐馆吗？”我问。

“不会有。”小林肯定地说。

“会有小卖部吗？”

“刚进村的时候，有户人家门开着，里面好像有个柜台，我们去看看，如果是小卖部，我们买方便面吃。”他提议。

走到村口他说的这个地方，我已是饥饿难耐。确实是个小卖部，但商品少得可怜，只有几盒布满灰尘的饼干、牙膏和白酒。店主应该有六十多岁了，穿着日常的灰夹克，头发大部分已经白了。我们询问有没有方便面，他说：“没有，但是，你们要是饿了，就在这里煮面吃吧！”他拿出锅、面条、鸡蛋，递给我。

我看着这三样东西有些茫然。

小林说：“我来吧。”

小林做饭很熟练，即便是在陌生昏暗的乡下厨房，只有简单的食材，他仍然有步骤地进行，烧水，点火，磕破两个鸡蛋，在碗里飞快地搅动，倒进油锅里煎……我就站在门框边看。

店主出去了一趟，回来时，手里攥着一把湿润的青菜。小林又把菜洗了，在菜板上切成小段，扔进面锅里。

一锅面端上了漆迹斑驳的木桌，店主提起热水壶，给我们泡茶，他健谈爽朗，指着墙上的玻璃相框一一介绍他的家人。四个孩子都已成家，远离故土，有的去了国外。他的外孙女，穿着公主裙，已是异乡人的模样。

那些菜，清甜水灵，土鸡蛋煮出来的面汤香浓乳白。这顿饭，几乎没有可挑剔的地方。一锅面，被我们两个人吃得干干净净，连汤都没有放过。

临走时，我们要付钱给店主，他不要，我们坚持。

然后店主站在石板路上，送我们离开。我走了一段儿，回头看，他还站在那里。

vivo
12:02
20/65

水井

在茶杯里看自己影子的人，叫自恋。

但忍不住往水井里看的人，很可爱。

在山上的古村里，偶遇百年的古井，并没有干涸。一副看透世事，又少年胸襟的样子。

古井深不见底，寒气逼人，并没有枯叶掉进去，却摇摇晃晃有些水纹。

高山上，白云中，旁边的老屋已经坍塌，它好好的，静坐在那里。

去年，这个古村又遭受了泥石流，仅剩不多的居民又有很多选择了离开。

人会走，房会倒，道路会被野草湮没。

可能到最后，只剩这坚硬的石身了。风狂雨骤，烈日暴晒，年复一年，捕捉偶然的兽迹和花影，无声地望着天空。

梨花

梨花似梦。

苏东坡说：不与梨花同梦。
我是不同意的。

村民

我刚来的时候，有些村民以为我是民宿的义工，老有人问我：你在这里做多长时间？

我会说，我是住客。

然后随着我住的时间增多，大多数村民都认识我了，在路上遇见会打个招呼，或者寒暄几句。

一个小坡上，住着一位农妇，她家门口种着两棵海棠。我每次去餐厅吃饭，都会从她家门口经过。

只要不下雨，她就在门口砍菜，骑坐在一条长凳上，手里拿着菜刀，脚下是刚从地里收割的菜头和一大片竹席。她挥动菜刀，把菜切细了，铺撒在竹席上晾晒，晒成梅菜干。就这么一件事情，她可以坐在那里，从早晨六七点钟，砍到下午太阳落山。每次我往那里经过，都会跟她打招呼，她会问我，吃了没？虽然她的口音我不是很听得懂，但是，我们仍然能聊上几句。她说，最怕节假日，这里人多，老有小孩从她的菜干上踩过去。

有一天，她正跨在长条凳上砍菜，突然把我叫住，说，你等等。然后弯腰，捡起两棵粗壮的青菜，右手举刀挥舞两下，砍掉菜叶，把肥嫩的菜秆递给我说，拿回去吃！

那天中午，我们就吃了清炒菜头，味道清香脆甜。

有一天，我从石板路往下走。迎面过来一个男人，戴着斗笠，肩上扛着锄头，手里提着一根细竹竿，竹竿粗暴地穿透一根大毛笋的身体，他把它提在手里。打完招呼之后，他把毛笋一提，凑到我眼前，说："拿回去吃！"

我接过竹竿，就拎起了笋，好大一根笋，这么沉！

然后那天中午，我们吃了毛笋炖肉，汤真好喝。

一天，我又在那条石板路上，看见一位村民正在往墙上贴红纸，红纸上写着关于选举的宣传语，我对这些宣传语有些好奇，就站在那里看。村民糊完了，才发现我在身后，被吓了一跳。我忙跟他说话解除尴尬。他倒不在意，把手里的一个塑料袋提起来，递给我，说了三个字：送给你。

我以为又是吃的，定睛一看，不是，而是一株花的根茎，已经开始冒出两厘米的芽子。

这个赠予让我感到惊喜。

"这是什么花？"

"不知道名字，今天山上挖的，开花很好看。"

我连连道谢。

这株花，我曾经想过把它带回北方。但基于自己养花水平不行和北方太干燥，怕它活不了，所以，就带着它去找了小林，让它留在这里，小林会把它照顾得很好。

把东西送给迎面而来的人，这样的慷慨让人喜欢。

名字

小林："能帮我想三个名字吗？给望松堂二楼的两个餐室和一个茶室。"

我："风眠，雨醉，早醒。"

茶山的房子

“我带你去个地方。”我对小林说。

小林有些惊讶，这段时间，他经常这样对我说，没想到，也可以倒过来。

我们是步行过去的。路边的梨花开始凋谢。一路上吹着风，我跟他讲，那个地方是我和女博士去散步，找错了岔口，歪打误撞找到的。可以俯瞰县城，还能看见云海。茶山的顶上，有一处小平房，盖得很粗糙，但位置绝佳。我带他去，是想请他帮我去谈谈，看这处房子的主人有没有出租或者出售的打算。如果有，我可以放弃城里的生活，到这里来住。

时间是下午四点多，夕阳洒向群山，县城边上的两个湖被照亮。密密的茶树也闪闪发光。

那棵枇杷树，沐浴在金色光线里。

浩浩荡荡的风吹过。人来了这里，心里马上变得空旷。

山上的光景让小林很惊喜，他来这里这么长时间，居然不知道有这么个好地方，而且还这样近。

我们靠近那处房子，两只小狗跑过来，很凶的样子，但真的太小，我一点儿也不害怕。

两个男人从房子里出来，打过招呼，从屋内提了两把已经开始腐朽的竹躺椅给我们，又递过来两支烟，一起坐在坝子里，面对着夕阳聊天。

小林坐下来第一句话就是："这里蚊子很少吧？"

"风这么大，蚊子早吹跑了。夏天这里极凉快。"

两年前，他们把茶山包了下来。这处房子，是盖来守茶山的。上下两层，楼上是采茶工的宿舍，楼下是厨房和堆放新茶的地方。周边三面都是茶树。另一面是果园，种了百来棵梨树，果园被包围起来，树下跑着四百多只鸡。

我问："那一定有很多鸡蛋了？"

"啧啧，"一个男人说，"多得很，但忙不过来捡。蛋下了，又被鸡啄来吃了。"

"鸡是养来卖的？"

"卖！三十一斤。真正的跑山鸡，吃虫子和熟透的果子，肉香得很，你们可以逮一只去尝尝。"

"三十一斤，不贵，城里卖五十。"

"有水吗？"

“有，从那边引过来的泉水，很甜，拧开水龙头就可以喝。”

最后聊到房子的事情。

他们说，茶山的租约还有两年。可以两年后来谈。如果现在就想住的话，只能错过采茶季。来年采茶季也要把房子让出来。

“此事不急，看缘分。”在走到茶林里去的时候，我对小林这样说。但如果真的有缘，我做得到携家带口来到这里，安心草舍，月下光景，每天看云来云往，最好还养一匹马，我可以骑马去看你。冬天，院子里堆满柴火。

他说过段时间会继续来谈。

“你看对面那座山上，那条路，是不是很有古意？”我们站在茶林里，清风灌耳。我指着对面的山说。

那座山不高，青翠圆润，路像条细带子，陡峭，向上，像某首唐诗里写的路。在晚风的吹拂下，如果此刻路上出现一个穿长袍的仙人，绝尘而去，我也不会觉得奇怪。

不知道它通向哪里。我说。

走上去看看就知道了。小林说。

我们就披着风往山下走。尽管并不知道准确的路线，但是朝着那个方向总是可以的。

沿着陡峭小路下到半山上的公路，横穿过去，就看到了那条路的入口。路两边野草丛生，苍松林立。一踩上野草，藏身其中的一条小蛇仓皇而逃，我喊小林看，它已跑得没有了踪影。

路并不好走，坡度很高，我们走得很快，一会儿就汗水流淌，淋漓快意。树木交映之下，各种野花应接不暇，我们一路闻着花香。我终于爬不动了，斜靠在青苔石上喘气。小林就地坐在了远处的台阶上。有些热恼，风一来，就爽快了。

回头看，照样青山千叠，云蒸霞蔚。茶山上的房子此刻像一个火柴盒，月亮已经升起在它的上面。

汗落下去一些，我们继续往上走，一口气爬到了山顶。山顶上，是一座寺庙。

松间有风响动，树影投墙，寺庙空无一人。

我们站在山顶，心清神静。

我看着来路，脑里冒出一些最爱的诗句，“有约不来过夜半”“能饮一杯无”。这样的诗，没有写路，但都跟路有关系。相约，必然有来路，来路的样子，一定就是我们今天走过这样的。古人的友谊，朴素真挚，大雨大雪中，走路去探望朋友的身影，总是让人感动。

我说小林，很感谢你，和我来走一段这样的路。

等我们回到茶山的时候，天已黑尽。月照长空，风继续吹。

我们坐了下来，俯瞰灯火人间。

有一些星星。

寂静的夜里，手中的烟头忽明忽暗，小林躺了下来，双手做枕，仰卧在草和泥土之上，野草萦绕在身边。我灭了烟头， 把臂促膝，凝视远方。

假期就要结束了，我说。

PART 6

告 别 的 方 式

一家人的春游

和小林逛菜市场。用了不多的钱，买了一斤马兰头，七只玉米，五根茭白，一块豆腐，咸鸭蛋若干，然后又去他相熟的店买牛肉。

买这么多菜，是因为我的家人明天就到了。

我说，按照计划，我在乡下一个月，完成工作，大丁会带着孩子、婆婆、孩子阿姨过来与我会合，在南方玩几天，一起回。往年也是如此。先是一个人的春游，然后是一家人的春游。

“你们每次出行都带着阿姨吗？”

我说是。单姐来我家里三年了，相处如家人，既然是家人，就不能把她区别在外。前年去苏梅岛，公婆年纪大，公公腰不好，买的平躺公务舱，预算增加，机票代理说，给阿姨订经济舱就好呀，大丁表示反对，说要订经济舱，也是他坐，不能让阿姨坐。

婆婆七十了，愿意出来旅行，我们当然很高兴带上她。

小孩两岁多，从四个月就开始旅行，已经坐过十几次飞机。很多人担心，孩子弱小，经受不了漫长旅途，其实，他们比我们想象的坚强和结实。但我们要给她准备好充分的食物和玩具，以及她从来没见过的应对突然焦躁、转移注意力的小东西，还要教她养成飞机上不要吵闹的习惯。现在她已熟悉在路上的生活，自己拉行李箱，一上飞机就跟他父亲一样，呼呼大睡。

一家人出去旅行，还有个好处就是，有人帮我们带着孩子。我和大丁可以一起去机场吸烟室吸烟。晚上，他们都睡了，我们可以开车去看看当地的夜晚。嗯，还有吃夜宵。

唯一不好的是，我婆婆和单姐，有时候会在旅途中闹点儿小矛盾。我夹在其中，一筹莫展。在家的时候，她们明明相处得很好。

“哦，对了，麻烦你找村民买两只土鸡。”我对小林说。

在开车去接站之前，小林从阁楼上提了个儿童安全座椅，说有些污渍，来不及洗了，但已擦干净。有，总比没有好。

一个人开车，上高速路，去丽水高铁站。

七十多公里，用了七十分钟。

一路都下着雨。

车穿过了很多隧道，灯火迷茫，在速度和光线中迷幻片刻，就像陷入无法自拔的回忆，突然，又冲了出去，一切回到原来的样子。

TOOL BOX

路过了来的时候，在黑夜里经过的象溪。终于看清了，山青，水绿，一片湿润。

在出站口翘首等待。大屏幕上，终于跳出“到达”二字。空荡荡的出口，开始有人出来，越来越多。很轻松就看见了女儿，她高高在上，东张西望，被她父亲扛在脖子上。我开心地上去迎接，把女儿抱住。

大丁开车，一路高速，回到县城，上山，拐进那个路口，路过竹林，停在古松下，小林笑容满面地出来迎接我们。晚饭已经准备好了。

婆婆和阿姨住在叫“陌上”的房间，一楼是榻榻米，阁楼是床。

我说：“单姐，你和孩子睡榻榻米。妈，你睡楼上。”单姐没睡过榻榻米，把它理解为地铺，有些不满意，于是带着孩子爬楼梯，到阁楼里看了看，过了一会儿，传来女儿的声音：“我要睡楼上！”

我只好寻求婆婆的意见，问她是否能睡惯榻榻米。“都行！”我婆婆说。

晚上，雨仍然下个不停。今天的乡村夜雨，氛围和之前截然不同。房间里灯光温暖，充满了孩子的歌声。大丁在马桶上坐了半个小时，女儿在外面一边玩，一边唱：“爸爸爸爸，多么辛苦呀……”

我靠在洗手间门外的墙上，跟大丁商量事情。

我说，今天单姐和妈抢房间，很不对。虽然妈说没问题，但刚才我去跟她道晚安的时候，我听见她叹气了。我怕她睡不惯地铺，更怕她俩这次出来，又暗中较劲。

大丁的声音闷闷地传出来：“那怎么办？”

“明天我问问妈，榻榻米要是不好睡，我就让小林再给开个房间，让妈单独住。哪怕多花点儿钱。出来旅行，图个心情舒畅，别心里憋着气，晚上还睡不好。”

“那你决定。”传来冲水的声音。

女儿在房间里跑来跑去，异常兴奋，爬到床上打几个滚，然后站起来宣布：“我今天晚上要和妈妈睡！”

晚上女儿睡在我和大丁的中间，她很热，不停地踢被子，各种飞腿，我一夜没睡，不停地给她盖被，还练了一晚上侧睡功，以前，是一张大床任我驰骋。昨晚，父女俩睡姿奔放，只给我留五十厘米领地，这很考验人的平衡力。不但要提防被女儿一脚蹬脸上，还要时不时把她的脚从她爹脸上抓回来。

尽管没睡好，照样很早就醒了，挂着黑眼圈起来，去餐厅安排家人的早饭。女儿和大丁还在熟睡，婆婆和单姐已经去山上走了一圈，面色愉悦，身上披着清风。

“山上有很多竹笋，我走的时候要挖几根带走。”单姐说。

和婆婆吃完早饭，我去接女儿起床，她穿好衣服、洗漱完之后，大丁还在睡。每次来南方，他都很爱睡觉，湿润的空气让他舒服，彻底放松下来。

和女儿去餐厅的路上，我遇见了那只曾经结下梁子的大狗。

“你好，狗狗，请不要咬我。”女儿停下来，用稚嫩的声音打招呼。初来乍到，她可比我会处。

吃过早饭，微雨多云，大丁睡觉，婆婆和单姐拿着伞又去山上溜达。我和小孩在露台插花画画，各得其乐。为大丁端到露台的早餐已经凉了，我不时穿过栅门回房去看他起来没有，房门还没打开，听见里面鼾声如雷，就退了回来。让他睡，睡到什么时候都行。饭一顿不吃没关系，还有什么比春天睡觉更舒服的？

后面的几天，就是这么过的。大丁痛痛快快睡觉，婆婆和单姐在野花、竹林、茶园中散步。女儿每天在露台上画画，还和麦兜处成了朋友。我负责安排一家人的午饭和晚饭吃什么。

没有去任何的景点，只去山上喝过一次下午茶。一家人在森林里走到夕阳西下，婆婆采了一大把杜鹃带回来。

还玩过一次抓麻雀的游戏，一无所获。

临走的前一天，风急雨骤，气温突降，我们烧起了壁炉，就待在跳跃着温暖火光的房间里。傍晚，雨停了一阵，我走到露台上呼吸，看被雨雾笼罩的群山，没想好怎么和这里告别。

山里传来了一阵清脆的声音：“妈妈，妈妈，我在这儿……”

我循声望去，群山环抱，小孩被她爸扛到了菜地里，桃树下，天地飘着细雨，他们没有打伞。

雨很干净，淋一点儿没关系。

下雨喝酒的时候，我们聊了很多

“明天要走了，你把账算好，告诉我。该怎么算怎么算，房费，咖啡，餐食……我再多给你五百，开车违章押金哈。这段时间，我开你的车，保不齐有违章。”

“违章金不用。”

“总之，谢谢你的诸多照顾。

“刚来的时候，太冷，开了很多的空调，可能电费会很高。不要到时候一算账，这单亏了……”

“不会，认识你就不亏。”

告别的方式

十点出发。我仍旧六点起床，一个人去走了走。

阳光温柔。

每天都会经过的桃树，长出了绿叶，花朵开始凋谢。很好，在花要开之前来，在凋谢之前离开。

路过了一丛野蔷薇，白色的花朵，黄色的花蕊，摘了一朵。

然后坐在经常坐的那块大石头上，俯瞰古松、望松堂、池塘、竹林、牛栏咖啡馆、露台……

沉默不语。

阳光渐渐变浓，蔷薇在手中开了。

终于想好怎么告别了。我起身，往回走。

回到房间，拿出墙角的背包和针线。

我到露台上，在那里缝补。

时间还很早，没有人起床，周围只有鸟叫声。

我心里很平静，一针一针，穿过厚实的布。脑子里回想着，这个包去过的地方，计算着两个数字：2005、2017。我和它在一起已经十二年了，它跟着我坐过好多飞机，跨越大洋和大陆，去过很多国家，很多地方。不仅如此，日常生活里，去咖啡馆工作，也用它来背电脑。

这两年，它开始频频出问题，不是拉锁坏掉就是开线，但我不愿意换掉它。

在这乡村，还有两个小时才离开，我可以坐在风和阳光里，慢慢将它缝补好。

缝补行囊，也算是一种告别吧。

回房收拾行李的时候，发现面膜一张没用，粉底液一次没用，一板安眠药，只吃了一颗。

离开的时候，小林拍了拍我的肩膀说，多保重。然后，他去和大丁握手。

女儿不愿意走，哭得很厉害地要求：再待两分钟。

我搂着安慰她，把她抱上安全座椅。

“再待两分钟！”她仍然哭着。

“我们以后再来。”她爸坐上驾驶座，回头安慰她说。

这话也安慰了我。我侧过身，对车外向后退去的小林微笑、摆手。

归途

再见了，南方。